분노의
난임일기

난임 부부의 리얼 라이프 대공개　김정옥 지음

분노의 난임일기

난임 병원

사부인과

유노
북스

프롤로그

저녁 식사 후,
여유롭게 영화를 보는 우리는
결혼 1년 차 부부이다.

껄
껄껄
껄껄껄~

마냥 편안해 보이는 우리에게
고민거리가 하나 있었으니,
그건 바로..

남편~

응, 왜?

우리,
병원 가 봐야
하는 거 아닌가?

결혼 후 바로 2세 만들기에 돌입했으나
1년이 지난 지금까지 아무 소식 없음!

흠... 흠...

끄-응~! 쿨쿨....

1년이면 그렇게 오래된 것도 아니고... 조금 더 기다려 보자.

그치? 곧 생기겠지?

우리는 '아직 조금은 태평한 결혼 1년 차 난임 부부'이다.

인지: 의심되는

나
임신했어.

오늘 아침에
알았어..

what??

어..?
임신..?
정말??

피임 잘
한 거 같은데..
어찌된 일
인지..

일단 너도
알고는 있어야
하니까,

나도 좀
놀라고 얼떨떨해..
생각 정리도
안 되고..

결혼하자!!

늘 한 박자 느리고 순딩이 같은 남자친구가
처음으로 단호하게 밀어붙이는 모습에 압도된 빛나는..

단골 가게에서
주변 손님들의 환호 속에 프러포즈를 받고

초스피드로
결혼식까지 끝내 버렸다.

하니의 결혼식 날,
오랜만에 셋이 모였다.

학창 시절부터 단짝인 우리들...

철없이 몰려다니며,
마냥 즐겁고 영원할 것만 같았던
20대는 어느새 끝나 있었고,

새로운 사회에서 바쁘게 하루하루 살아가다 보니
어느새 어른이라 불리는 나이가 되어 있었다.

그리고 우리는
각자의 인연을 만나
가정을 만들어 가기 시작했다.

이 이야기는,
새로운 시작을 앞두고 기대와 설렘,
그리고 불안감을 느끼고 있을
모든 이에게 보내는
우리들의 기록이다.

그리고
1년 후…

● 등장인물 소개 ●

김옥자 & 김무상 부부

건강하고 낙천적인
2년 차 신혼부부.
아기를 가지려고 시도 중!

세바 & 루이

주인공 부부가 키우는
고양이와 강아지.

난임?

에이~
설마!

우리가 얼마나
건강한데~

세바스찬
이다옹~

루이예요~

유빛나 & 한푸근 부부

난임? 그게 뭐야?

연애 중 아기가 생겨서
결혼한 부부.

친구들도 빨리 아기가 생겨
다 같이 어울리고 싶어 함.

강한이 & 이과묵 부부

멋진 부모를 꿈꾸는 부부.

준비는 다 됐다.
이제 임신만 되면
모든 게 완벽!!

난임?

절대
안 돼!!

．．．．

목차

3부
하는 데까지 해 보자!
체외 수정 도전!

4부
난임 부부의 삶,
그 끝이 보이지 않을지라도

1부

우리 부부 난임인가?
병원에 꼭 가야 할까?

1화

"이상하다?
임신이 안 되네"

피임

"피임(避妊, contraception)"이란
'임신을 피함'을 뜻하는 단어이다.

조금 더 구체적으로 설명하자면,
"임신 가능 기간(가임기)"을 피하거나

생리 시작일에서
보통 10일 후부터
일주일 정도가
가임 기간!!

생리 시작

가임기

예) 1일에 생리를
시작했을 경우,
11~17일이
임신이 가능한 시기

		①	2	3
4	5	6	7	8	9	10
11	12	13	14	15	16	17
18	19	20	21	22	23	24

※ 가임기에서 멀어질수록 임신 확률이 낮아집니다.
※ 생리 주기에 따라 달라질 수 있습니다.

기구, 약품 등을 이용하여
"성교 때 임신이 일어나지 않도록 막는 것"

. . . 을 의미한다.

그렇다면 반대로,

피임을 안 하면 임신이 돼야 하는 것이
당연지사이거늘!!

그렇다.

우리 부부는 결혼 후
바로 임신 시도!

피임 없이 2년간
관계를 맺었음에도
아기가 생기지 않은 것이다.

훗!

다음 계획은 바로!!

'가임기' 확인하기!!

짠~! 가임기 체크 앱도 있어

뭐 그런 걸 일일이 체크해? 생리 주기 따지면 얼추 나오는데..

가임기? 앱??

??

NO! NO!!

임신이 되는 타이밍은 생각했던 것보다 엄청 짧더라구,

앱으로 체크만 해도 확률이 몇 배는 올라간다고!

헐~ 그런 건 어떻게 알았어?

울 남편 대단~!

인터넷 뒤지면 다 나와..

나보다 그쪽이 더 잘 알아야 하는 거 아냐..?

결혼 후 얼마 되지 않아 직장 근처로 이사를 간 하니는
자주 만날 수 없었다.
얼굴을 못 보니 이런 얘기들을 맘 편히 하기도 어렵고..

하니도 난임이나 가임기 앱에 대해 알고 있을까??

033

... 그렇게 가임기 앱을 사용하며
더 본격적인 임신 준비에 들어갔다.

남편도 나도, 결혼을 하면
반드시 아이를 낳아야 한다는 생각은 없었다.

막연히 생기면 낳아야지, 하는 생각으로 2년을 그냥 보냈고,
막상 임신이 되지 않자 당황하는 중이다.

이제 30대 중반을 넘어서는 나이!!

30대 중반?!
실화냐!!

더 이상 막연히 기다리기만 해선 안 될 거 같아
앱으로 가임기를 체크하기 시작했다.

지금까지와는 다르게 배란 예상 기간이 눈으로 보이니
금방이라도 아기를 가질 수 있을 것 같은 예감이 들었다.

그렇게 반년의 시간이 흘렀고...

....

... 안 생긴다...

왜지?
준비는 철저했고,
날짜도 완벽!!

뭐가 잘못된 건가?
왜 임신이 안 되는 거지??

왜????

왜 때문에..

왜죠??

임신...
그건 결코 쉽게 되는 것이 아니었다.

2화 _
"피임 안 하면
바로 생기지 않나?"

가임기 앱을 확인해 가며 임신을 시도한 지
벌써 6개월...

바로 성공할 줄 알았던 임신은
기미도 보이지 않고..

힘내힘내..

가임기에
맞춰서 준비해도,
무조건 임신이
되는 건 아니라고
하네..

아....

실망하지 말고
좀 더 시도해
보자.

그래도...

너무 힘들다구!!!

그런데,

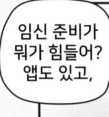

임신 준비가 뭐가 힘들어? 앱도 있고,

그냥 날짜만 잘 맞춰서 섹스만 하면 되는 거 아냐?

아니거든!

인상 펴~ 주름 생겨~~

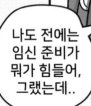

나도 전에는 임신 준비가 뭐가 힘들어, 그랬는데..

우물우물

살려 주세요..

그랬는데?

짜증 나고!!

겁나!

힘들어!!!

◆ 임신 준비를 위한 4단계 ◆

우선, 임신 준비 기간을 간단히 달력으로 정리해 볼게요.

아래와 같이 크게 4단계로 분류할 수 있습니다.

생리 끝!
01	02	03	04	05	06	07
08	**09**	**10**	**11**	**12**	**13**	**14**
15	16	17	18	19	20	21
22	23	24	25	26	**27**	**28**
29	**30**	31				

다시 준비기간…

1단계	2단계	3단계	4단계
"준비 기간"	**"가임 기간"**	**"결과 기다리기"**	**"생리 기간"**
생리가 끝난 후 일주일 정도의 기간.	임신이 가능한 기간. 배란일을 정확히 확인하는 것이 중요!	가임기 이후부터 다음 생리 시작까지 기다리기. '최대한 조심'하기.	생리가 시작되거나 임신 테스트기(임테기)를 사용하는 시기.

- 이해를 돕기 위해 간단히 표현한 달력입니다.
- 개개인의 몸 상태와 환경에 따라 달라질 수 있습니다.

1단계 "준비 기간"

마인드 컨트롤 & 정신 수양

- **시기:** 생리가 끝난 후부터 일주일 정도.
- **해야 할 일:** 금주, 운동, 몸 컨디션 유지.

비교적 쉬운 단계입니다.
지난달의 실패에 대해
마음을 비우고,
'이번 달은 잘될 거야'라는
긍정적인 생각으로
가임기를 준비합니다.

이너피스...

2단계 "가임 기간"

불타는 사랑과 눈치의 줄다리기

- **시기:** 1단계 후 일주일 정도.
- **해야 할 일:** 배란 날짜를 확인한 후 관계 맺기.

러브러브!
LOVE

제일 중요한 단계입니다.
1단계와 마찬가지로
금주하며 몸 컨디션을
잘 유지해야 하고,
부부 관계를 위해
배우자와 상의해야 합니다.

서로의 협조가 중요한 시기인 만큼 두 사람의 마음이 잘 맞아야 합니다.
이 시기에 다투거나 어느 한쪽이 날짜를 깜빡해서 분위기를 깬다면,
부부 관계를 가지기는 아주 힘들겠죠.

실제로 많은 난임 부부가 가임 기간 동안
의무적으로 맺어야 하는 부부 관계로 인해 발생하는
갈등이 제일 힘들었다고 이야기합니다.
순간의 다툼이 한 달간의 기다림과 노력을
물거품으로 만들 수 있으니,
특별히 더 조심해야 하는 기간입니다.

Let's Fight!

정말 피 말리는 시기입니다.
몸의 아주 작은 변화도
예민하게 느껴지고,
'임신인가? 아닌가?'를
하루에도 수백 번씩
생각하게 됩니다.

평소에 아무렇지 않게 하던 행동도
'혹시 이거 때문에 임신에 실패하면 어쩌지'라는
걱정에 사로잡혀 불안해집니다.

'딸이면 이렇게 키워야지~', '아들이면 이렇게 할 거고~',
'이름은 이게 좋겠네'라는 망상과 함께 육아 관련 정보를
찾아보면서 어마어마한 양의 김칫국을 마시기도 합니다.

3단계 "결과 기다리기"

망상과 함께하는
지옥 같은 기다림

- **시기**: 2단계 후 12일 정도.
- **해야 할 일**: 역시 금주, 힘든 일 자제, 자전거
  금지, 뛰거나 격한 운동 금지!

이 시기에 생리를 하지 않고, 임테기 결과가
두 줄이 나온다면 임신 성공!!!
그렇지만 생리를 시작하면 이번 달도
실패했다는 생각에 극심한 절망으로
빠져들면서 폭주하는 시기입니다.

좌절감과 우울함이 극대화되어 음주 가무에 빠져
살짝 이성을 놓기도 합니다.
생리통 따위는 신경 쓰이지 않을 정도!
이 패턴이 2~3개월, 1~2년 반복되면
'정말 피가 마른다'는 말이 무슨 뜻인지 절감합니다.

4단계 "결과 발표 & 생리 기간"

기대와 절망이 뒤섞여
피비린내 나는
폭주 기간

- **시기**: 생리를 시작한 후부터 4일 정도.
- **해야 할 일**: 멘탈 수습하기, 좌절 금지!

'가임기' 참고 정보

- 생리 주기가 일정하지 않으면 가임기 날짜도 변동이 심할 수 있습니다.
  배란일 테스트기를 사용하거나 병원에서 정확한 배란 시기를 확인한 후 관계를 맺는 것이 좋습니다.
- 임신 준비 중 가장 큰 스트레스가 가임기에 의무적으로 가져야 하는 부부 관계'라고 합니다.
  서로에게 스트레스가 되지 않도록 따뜻한 배려와 사랑이 필요한 시기라는 거 잊지 마세요!!
- 주변에 임신을 준비 중인 분이 있다면 임신이나 아기에 관한 질문은 최대한 자제해 주세요.
  별다른 뜻 없이 한 말일지라도 당사자에게는 큰 상처가 될 수 있습니다.
- 임신을 준비한다면 아내와 남편 모두 금주와 적당한 운동은 필수입니다.

임신 준비 중에 겪는 흔한 일들...

임신 준비의 필수 요소, 첫 번째!!
"비가 오나 눈이 오나

꼭 챙겨 먹어야 하는 엽산!!"

한 달 내내 열심히 먹었는데 임신이 안 되면 돈도 아깝고..
안 먹자니 불안하고... 이 애증의 엽산!!!

회사에서...

자~
오늘은 회식~!
약속대로
비~싼 데로
예약했어요~!!

고기~
고기~~

야호~!

예~ 소주~
맥주~

다 같이~
짠~~!!

짠~~!!

짠~~

푸쳐핸섭~!

아차!!

술 마시면 안 되는데...
기름진 음식도
가능한 피하라고 했고,

김 대리,
왜
안 마셔?

저... 지금
임신 준비 중이라
술 마시면
안 된대요..

흠...
그렇단 말이지..

네...

소주로 줄까?

기름진 음식도
가능한 피하라고...

술을 안 마시겠단
말이지..

임신 준비의 필수 요소, 두 번째!!
"**절대 금주!**" 몸에 나쁜 음식도 자제!!
회식이나 친구들 모임에서 시원한 맥주 한 잔 대신
달달한 사이다를 원샷 해야 하는 씁쓸함..

그리고 가장 괴로운 세 번째..
"**배란기에 가정의
평화 유지하기**"

배란일 때문에 조심하고,
배란일 때문에 화나도 참고,
배란일 때문에 서로 눈치 보고...의 반복!
임신 준비는 생각 이상으로 괴로운 일이다.

'엽산' 참고 정보!

- **엽산** : 비타민 B의 일종으로, 태아의 뇌 발달을 돕는 효능이 있습니다.

  임신 3개월 전부터 임신 13주까지 복용하는 것이 좋습니다.

  엽산이 부족할 경우 태아에게 문제가 생길 확률이 높습니다.

  복용하지 않은 상태에서 임신됐다면, 그 직후부터라도 꼭 먹어야 합니다.

  보건소에 임산부 등록을 하면 무료로 제공받을 수 있습니다.
- **합성 엽산** : 보건소에서 '합성 엽산'을 무료로 처방해 줍니다.

  합성이 꼭 안 좋은 것은 아니지만, 화학 물질에 예민하신 분들은

  자비로 천연 엽산을 구입하기도 합니다.
- **천연 엽산** : 천연 제품으로 거부감은 덜하지만, 합성 엽산에 비해

  체내 흡수율이 떨어진다는 말이 있습니다.

- 합성, 천연 엽산 둘 중에 어느 한쪽이 더 좋다, 나쁘다를 규정하기는 어렵습니다.
  중요한 건 임신 준비 중이신 분들은 엽산을 '꼭' 먹어야 한다는 사실!

그날 밤...

.. 그렇게 사이다랑
고기 조금 먹고 회식 끝!

빛나 왜케
피곤해 보여

오~ 웬일이야
옥자 잘 참았네

너도 퇴근하고
애랑 같이
4시간 놀아 봐

님 대단!
칭찬해!

남편이랑은 화해했구?

응, 조금 서먹하지만..
뭐 어째, 풀어야지

오늘 중요한 날이거든ㅎ

아오옹~

하니

아하~ 그날이구만!

불태워라!!

ㅎㅎ 너희는 별일 없구?

어마~~

하니

늘 똑같지~~

049

엥?
갑자기 왜?
뭔 일 있었어??? 옥자

하니 ㅎㅎ 자세한 건
나중에~!!

빛나 야!

하니 빛나~ 별이 업고라도 똥 싸
계속 참음 변비 걸린다

하니 나 지금 나가야 해서,
내일 전화할게~

뭐지..?

뭐지...?

뭐지..??

우리 친구 하니를 소개합니다.

이름: 강한이

늘씬한 키에
똑똑하고

언니같이
든든한 친구!!

하니는 학생 때도 활동적이고 성적이 좋아
늘 임원을 도맡아 했고,
힘든 일도 척척 해내는 멋진 친구였다.

얍!!

숙제를
내놓아라!

나를 따르라~!

완벽한
일 처리!!

대학 졸업 후
바로 대기업 입사!

초고속 승진!!

회사로 파견 나온 연하 프로그래머에게
돌직구 고백 후 결혼까지!!
일과 연애 모두 열심히
완벽하게 해내는 그녀, 강한이!!

결혼 후 업무가 바빠졌다고
회사 근처로 이사를 갈 정도로
열정적이던 그녀가

하니...

하니
잘 가~~

1시간 거리인데..
굳이 이사까지..

갑자기
직장을 그만뒀다고??

대체 무슨 일이 있었던 거야?!

어...
괜찮아..

엄마, 나 좀
피곤해서..
이만 끊을게.

세상에 쉬운 일은 없다고 하지만..

아무리 열심히 노력해도 그 결과가 최악이라면,
그럼에도 그 일을 반복해야 한다면..
그것만큼 괴로운 일은 없을 것이다.

내 노력과는 상관없이
늘 암담한 결과물만
돌려주는..

3화 _

"난임이라는 사실을
인정하기까지"

옥자~
회사 늦겠다.
출근 준비해야지!

응...
어제 늦게 자서..
빨리 먹을게..

오믈렛 마시지 마...
씹어 먹어.

우적우적

맛있어!
맛있어!

앗,
시간 다 됐다!

벌써
이렇게?

어?? 아직
여유 있는데?
커피 마시고 가~

걸어가야 해서,
좀 빨리
출발해야 돼.

NO~NO~

아... 맞다,
자전거 금지 기간
이구나.

갔다 올게~!

뽀뽀뽀뽀~!

쭈아압~!

057

근무 중...

생리 시작해서...

주절주절..

아...

생수 통 하나에도
예민해질 정도로..
최대한 조심하고
조심했는데...

횡단보도에서 신호 바뀔까 봐
잠깐 뛰었던 게 문제인가..
아니면 야근을 해서?

진짜 별 생각 다하면서
열심히 준비했는데...

엽산 괜히 먹었다...
돈 아까워..

우쒸...

뭐 하냥

아니,
왜 또 생리는
평소보다 늦게 시작해서,
사람 기대하게 만들고!
어?!

중얼중얼

처음에
생리혈 조금 보이다
안 나오길래 착상된 건가?
착상혈인가? 이러면서!
막 설레발치고 그랬는데!!
그래서 얼마나 조심했는데!!
뛰지도 않고!!

투덜투덜

짜증 나...

졸려?

어이..자냐..?
왜 그래..

자자...

훌쩍훌쩍

아 진짜!
임신이 안 될 거면
생리라도 하지 말던가!

임신도 안 되면서
왜 매달 생리 때마다 아프고
귀찮고 짜증 나고!
이놈의 호르몬!!!!

이~~~~ 지옥의 4단계를 1년 가까이 반복했는데,

도대체 임신은! 언제 되는 거냐고!!

아오~~ 승질 나~!

준비 기간

마인드 컨트롤...

러브러브! 가임 기간

임신 준비 = 지옥의 풀코스 4단계 무한 반복

스트레스!! 다툼!!

폭주 기간!!!

생리 기간

김칫국 원샷!

망상.. 패닉..

기다리기

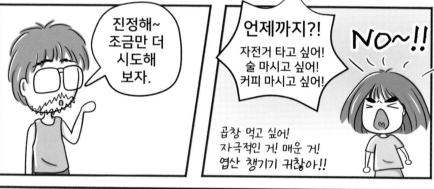

진정해~ 조금만 더 시도해 보자.

언제까지?! 자전거 타고 싶어! 술 마시고 싶어! 커피 마시고 싶어!

NO~!!

곱창 먹고 싶어! 자극적인 거! 매운 거! 엽산 챙기기 귀찮아!!

워워... 진정진정.

쒸익쒸익!!

임신을 준비하면서 가장 많이 하는 생각은
2가지이다.

'혹시 이거 때문에
임신이 안 되면 어쩌지'와

'아.. 그거 때문에
임신이 안 된 건가'라는 생각.

평소 당연히 해 오던 일들을 망설이게 되고,
근거 없는 분노와 자책감에 휘둘리게 된다.

임신 준비는 이 모든 걸
버텨 나가는 과정의 연속이다.

대부분의 커플은 결혼을 결심하면서 신혼 계획을 세운다.
직장 상황과 집 문제, 총자산이 얼마인지 등등..

본인들 상황에 맞춰 앞으로의 일을 계획하고,
그에 맞춰 피임하며 임신과 출산 일정을 조절한다.

Love

결혼 → 계획 → 임신 시도

Yeah~!

임신 성공~!

그렇지만 우리 부부는 결혼 후 전혀 피임하지 않았다.

우리가 특별히 아기를 좋아하거나,
빨리 부모가 되길 바랐던 건 아니다.

바람은 부는 대로
강물은 흘러가는 대로...

아기가 생기면 낳으면 되고~
낳으면 잘 키우면 되지, 라는
언제나 태평한 남편과

생기면 낳아서
잘 키우면 되는 거고~
나중 일을 뭘 그리
걱정들 하시나~

그보다 더 무신경한 아내...

신혼이 뭐야?
피임이 뭐야?
사는 대로 사는 거지~

그리고 이런 둘의 조합은?
언제나 만사태평~

이런 우리에게도 2년간의 임신 실패는
새삼스레 그 의미가 크게 다가왔다.

그리고
이제야 들리기 시작하는
주변의 목소리...

067

귀쫑긋!

결혼하고
'2년'이
지나도
아기가
안 생기면
난임이라고
...

2년?
난 분명 결혼한 지...

획!

요때가
34살

34살 봄에 결혼...
1년 동안 피임 안 했었고,
그 후 가임기 확인하며 1년 반 동안 임신 시도...

2년 반이 흘러...

...
현재 36살

난임...??

난임??
내가 난임이라니..
무슨 말도 안 되는...

"난임(難妊, Subfertility)"은
'임신하기 어려움 또는 그런 상태'를 뜻하며,

일반적으로 피임하지 않고 정상적인 부부 관계를 맺었음에도
1년 이상 임신이 되지 않는 것을 의미한다.

* 이전에는 불임을 뜻하는 'Infertility'라는 단어를 난임에도 같이 사용했었는데,
근래에는 'Subfertility'라는 단어로 난임과 불임을 구분하고 있습니다.

. . .

내가...

내가...

쿠쿠쿵!!

고자...

내가 고자라니?!

고자라니~?!

고자?

어렴풋이 느끼고 있었지만..
약간의 멘붕과 함께 이제야 확실히 내린 결론.

우리는 2년 차 '난임 부부'이다.

고자...

퍽!!!

고자가
아니고
난임!!

장난해?
어?

고자?!

우린 중성화!

4화 _

"임신이 원래
이렇게 어려운 일이야?"

나와 남편의 가장 큰
자랑거리는 '건강'이다.

지금까지 단 한 번도
크게 다친 적도 없고,
병치레를 치른 적도 없고,

건강 하나는
절대 자신 있음~!!!

건강 부심!
콧대 뿡뿡!!

병원에 입원 한 번 한 적 없을 정도로
튼튼한 거 하나 자랑삼아 살아온 우리가!

난임
이라니!!

난임?!

이게 말이
돼냐고~!

내가! 어!
튼튼한 것만큼은
자신 있는
사람인데!!

그게...
난임은 건강이랑
무조건 비례 관계는
아니라고 하네..

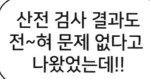
산전 검사 결과도
전~혀 문제 없다고
나왔었는데!!

산전 검사는 임산부의
건강 상태 체크라서,
난임과 직접적인 관계는
없는 거래.

아니 그럼!
도대체 뭐가
문제야~!

글쎄...

아우~~!

슥!!

드디어 ...

우리가 나설
차례인가...

여성 생식기 구조와 임신 경로!
(3억 대 1의 미친 경쟁률의 소개팅, 그 험난한 여정!)

나팔관: 정자와 난자가 서로를 만나기 위해 이동하는 곳

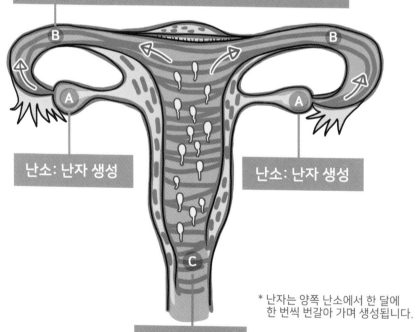

난소: 난자 생성

난소: 난자 생성

* 난자는 양쪽 난소에서 한 달에
  한 번씩 번갈아 가며 생성됩니다.

질: 정자 투입!

임신이란 '정자와 난자가 약속된 장소에서 만나기만 하면 된다'라고 간단하게 생각할 수 있지만!

- 난자: A에서 생성되고, 생성 후 B 위치로 이동 후 정자를 기다림.

- 정자: C로 투입되고, B 위치로 이동 후 난자와 만나 결합.

여기서 문제는...

난자가 언제 배란되는지 정확히 모른다는 것!

난자 씨..
도대체 언제 오나요..
이맘때쯤 보기로 했는데...

아니면 난자가 배란되었지만 12시간 안에 정자가 도착하지 못했다거나,

겨우 나왔는데...
정자 씨..
어디 있죠..??

헉헉!

자, 그럼 **난임의 대표적인 원인을** 알아봅시다!!

혹은, 정자와 난자 둘 다 약속 장소까지 오기가 힘들다거나..

여러분,

연애가 이렇게 어려운 겁니다..

[난임의 원인, 첫 번째!!]

"길이 막혔다"

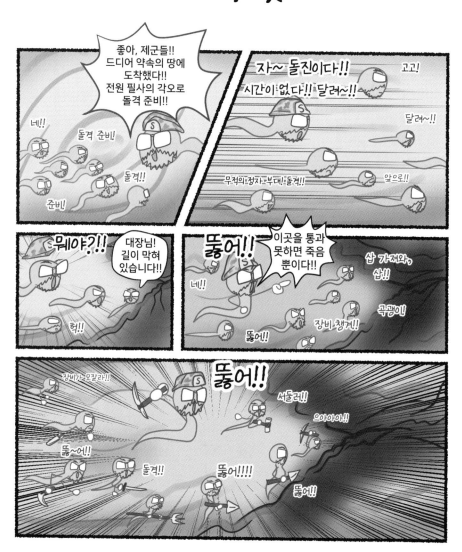

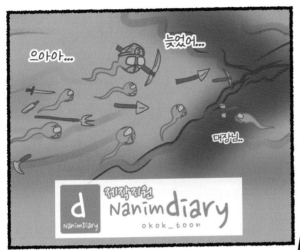

전원 사망..
길이 막혀서

난임의 많은 원인 중 하나로, 정자가 난자를 만나러 가는 길인 '나팔관'이 막혀 있는 경우입니다.

난임 병원에 처음 방문하면 꼭 확인하는 사항 중 하나입니다.

나팔관이 막혔을 때

- '나팔관 조영술'이라는 비교적 간단한 시술로 확인이 가능합니다.
  나팔관이 아주 살짝 막혀 있는 경우에는 간혹
  조영술만으로 뚫리기도 한다고 합니다.
  문제는 아주아주 아프다는 사실!
  시술 시 약간의 불편함만 느끼는 분들도 있고,
  어마어마한 통증을 느끼는 분들도 있다고 합니다.

- 조영술 결과에서 완전히 막혀 있더라도
  수술을 받으면 대부분 정상적으로 기능할 수 있다고 합니다.

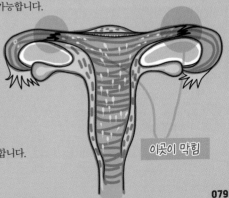

이곳이 막힘

[난임의 원인, 두 번째!!]

"힘이 없어서..."

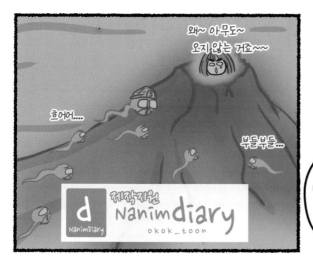

전원 사망..

힘이 없어서..

이 경우에는
정자가 힘이 약해서
난자가 있는 곳으로 이동 중에
끝내 도착하지 못하고
죽어 버리는 경우입니다..

정자의 상태가 좋지 않을 때

- 임신이 안 되는 원인은 보통 남편과 아내 양쪽에서 비슷한 비율을 보인다고 합니다.
  난임이 의심되어 검사를 받을 계획이라면, 꼭 남편과 아내가 함께 검사를 받으시길 바랍니다.

- 정자의 운동성을 높이기 위해 식단 조절, 체중 관리, 체력 강화 등 꾸준히 몸을 관리한다면,
  충분히 극복할 수 있습니다.
  임신을 준비하는 여자도 건강에 신경 써야 하지만, 남자도 최선을 다해 관리해야 합니다.

- 무정자증이나 정자의 운동성이 좋지 않더라도,
  체외 수정(시험관) 시술을 통한 임신 가능성이 열려 있습니다.

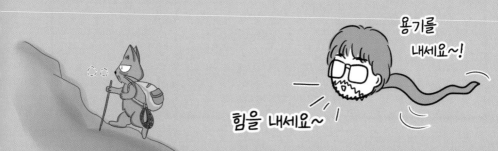

용기를
내세요~!

힘을 내세요~

[난임의 원인, 세 번째!!]

"난자가 없어!"

으아아아!!!!

전원 사망..

난자를 못 만나

정자가 난자가 있는
위치까지 이동했지만,
배란 시기를 맞추지 못했거나
배란이 되지 않아서
실패한 경우입니다.

웨얼 이즈 난자...

배란이 안 될 때

- 배란기는 생리 주기 날짜를 꼭 기록해야 정확하게 확인이 가능하며,
  해당 날짜를 기점으로 관계를 맺는 것이 아주 중요합니다.
- 배란기가 다가오면 배란일 테스트기를 이용하여 호르몬의 변화를 체크한 후 배란 여부를 확인할 수 있습니다.
  더 정확히 알고 싶다면 산부인과나 난임 병원에 가서도 확인할 수 있습니다.
- 배란이 잘되지 않을 경우에는 병원에서 배란 촉진제를 처방해 주기도 합니다.

이외에도
다양한 원인이
있다~!!

심지어 원인 불명의
난임도 있다~!!

※ 이해를 돕기 위해 간략하게 표현한 도표입니다.

헐... 난임 원인이 이렇게 많았다니..

약 5% 기타

약 10% 원인 불명

약 35% 나팔관, 골반 문제

약 15% 배란 관련 문제

약 35% 정자 관련 문제

정자가 아예 없다거나(무정자증), 수정을 하고도 착상이 안 된다던가..

호호호호호

근데 빛나는 피임도 했었는데 임신했잖아.

이건 무슨 경우..?

글쎄...

뭐, 무슨 특수 장비라도 있었나 보지.

추적기나 전기톱 같은..?

추적기? ㅎㅎㅎ

우리도 좀 빌려 주지 ㅋㅋㅋㅋ

그럼 우리 난자, 정자들은 도구가 없거나, 힘이 약하거나, 환경이 안 좋다는 건데...

그럼 병원을 갈 수밖에 없다는 거겠지...?

. . . .

084

난임이 확실하다고 판단되어
병원을 가려고 고민할 때,
남편이 뜬금없는 질문을 던졌다.

병원을 가면서까지
아기를 가지고 싶은 거냐고.

5화 _

"병원까지 갈 정도로
아이가 갖고 싶어?"

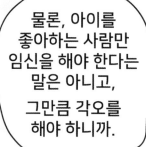

물론, 아이를 좋아하는 사람만 임신을 해야 한다는 말은 아니고,

그만큼 각오를 해야 하니까.

난임 병원까지 갈 생각이면 남편이랑 잘 상의하고 신중하게 결정하라는 거야. 정말 아이를 원하는 건지.

별이 낳고 조리원 있을 때, 난임 병원 다녔던 사람들 얘기 들었거든, 진짜 힘들대..

주사를 매일 맞는데 너 주사 무서워하잖아

임신, 출산도 힘든데, 난임 때가 더 힘들었다고..

주사...

바늘...

링겔...

그런데!!

그 모든 것을 감당할 수 있겠습니까!!!

다 감수하고서라도 아이를 원하는 겁니까!!??

출산과 육아를 얕보지 말라고!!!

그렇다,
빛나의 말대로 난 아이를 그다지 좋아하지 않는다.

어린아이가 메인으로 나오는
TV 프로그램은 거의 본 적도 없고,
아무리 이쁜 아이라도 굳이 안아 보고 싶다는
생각도 잘 들지 않는다.

이런 내가 아기를 낳아 볼까, 라고 생각했던 건
언젠가 엄마가 내게 해 준 이야기 때문이었다.

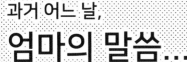

과거 어느 날,
엄마의 말씀...

하이고~
이제 둘이 안 싸우고
잘 지내는구나.

이게
세바랑 루이랑
처음으로 같이
찍은 사진
이야~

처음에는 많이
싸웠는데,
지금은 서로 무시하면서
잘 지내요~!!

가끔 붙어 있기도 하고
너무너무 귀여움!!

어이구~
개랑 고양이가
그렇게 이뻐??

이쁘지~
엄청 이쁘지
~~!!

고양이도
그렇게 이쁜데,
나중에 네가 낳은
네 자식은 얼마나
더 이쁠까~?

엥?

루이와 세바를 키우기 전에는
나도 내가 동물을 이 정도로
좋아할 줄은 몰랐다.

전혀 생각도
안 해 본지라..

어..
그런가...

엄마의 말대로 동물도 이렇게 이쁜데,
남편과 내 유전자를 지닌 아기가
태어난다면 얼마나 더 이쁘고
행복할까, 라는 기대감이 문득 들었다.

그리고 남편은…

빛나가 별이를 처음 데리고 놀러 온 날!

아~?

반...

반.가.워.요.

아저씨는 김.무.상 이라고 합니다.

악수라도..

앙?

?
??

긴장...

으아앙!!!

삐애액!!

움찔!

왜 애를 놀래~~ 악수하지 말라고ㅎㅎ

푸하하하

으앙~!

괜찮아~ 괜찮아~~ 수염 삼촌 착한 삼촌 이야~~

나 뭐 실수했나..?

거참, 어색하군..

실전 경험은 없지만,

육아 계획서
학업 계획
취미 살리기
특기 살리기
...

육아 계획은 세워 났지!!

남편도 아기와 친하지는 않아도

육아 계획은 다 세워 놓았다고 하고,

또 아기가 생기든 안 생기든
기쁘게 받아들일 마음의 준비가 되어 있다고 한다.

어느 쪽이든
완벽한 밸런스를
자랑하는 남편!

얍!

문제없다고!

아기가 없으면
좋은 점

아기가 있으면
좋은 점

나는...

남편과 내 2세라면
어떤 조합이 탄생될지
기대되기도 하고..

또 아기로 인해 느낄 수 있다는
행복이 무엇인지 궁금하기도 했다.

낳는다면 열심히 키울 환경도,
능력도 된다고 생각하고..

음...

너무 심각하게
고민하는 거 아냐?

궁금하다..

남편의 섹시한
수영을 이어받을
2세..

보고 싶다..

차 한 잔 마셔

그래서 결론은...

나중에 후회하긴 싫으니까.. 할 수 있는 만큼은 시도해 보고 싶어.

솔직히 아기를 꼭 가지고 싶다는 건 아니지만, 시도도 안 해 보고 아이 없이 살고 싶지는 않아.

까짓것!!

다 경험이지! 해 보는 거야!!

오키오키~

오케이! 나도 관련 정보 열심히 찾아보고, 최대한 도와줄게.

병원 가자! 남편!!

응!

아자!!

파이팅이야!! 주사든 약이든 다 덤비라고 해!!

그럼 이제 밀린 미드 보면서 맛난 간식이나 먹어 볼까?

예~~~! 미드미드! 간식간식!!

고민은 그만!

난임 병원을 가기로 했다.
일단 결정하고 나니 속이 후련!!

오랜만에 남편과 여유 있게 드라마도 보고,
실컷 노닥거리면서 그동안의 스트레스를 날려 버렸다.

난임 병원에 가면 쌍둥이 낳는 경우가 많다던데, 괜찮아?

쌍둥이 좋지~
좀 힘들긴 하겠지만, 혼자보다는 둘이 좋은 거 같아

그치그치, 둘이 잘 놀면 그만큼 우리도 쉴 수 있고.

쌍둥이든 한 명이든 잘 키울 테니까 걱정 말구~

털북숭이!!

파바바박!

세쌍둥이는?

아, 그건 좀...

'인생은 예측불허..
그리하여 생은 그 의미를 갖는다'라는
어떤 만화 속의 명언이 있다.

네 명의 딸이
나오는...

연애에 관심도 없던 내가
남편을 만나 결혼하게 된 것은,
내 인생에서 전혀 기대하지 않았던
놀라운 선물 같은 일이었다.

아기를 전혀 좋아하지 않던 내가
임신을 결심한 것 또한 뜻밖의 일이었고,

말도 안 돼!

난임이라니?!

건강 하나는 늘 자신 있던 내가
난임일 줄은,
전혀 상상하지도 못했다.

미래는 알 수 없으니,
하루하루 최선을 다하면서 늘 감사하며 살자.

내일은 어떤 힘든 일이 있을지
좋은 일이 있을지 모르고,

그에 따른 결과도 모르는 법.

미리 걱정하면서 힘들어하지 말자고
다짐하면서 잠이 들었다.

오늘의 고민과 스트레스는
오늘의 내가 전부 풀어 줄 테니,

힘내라 내일의 나와 남편!!

다음 날

남편~!!

오늘 저녁은 밖에서 먹고 올게~!

어~ 빛나 씨 만나는 거야?

응응 하니도 같이~ 셋이 모이는 거 오랜만~!

그리고,

사정은 모르겠는데, 하니가 이 동네로 다시 이사 온대~

잘됐네, 재밌게 놀다 와~

럴럴러~

이히~ 신난다~!

그동안 밀린 얘기 실컷 해야지~

오랜만에 입 좀 털겠네

탁!탁!탁!

하니도 난임이었다니.. 유산이라니..

이런 일들을 아무 말 없이 혼자 견디고 있었다니..

하니는 덤덤한 목소리로 그간의 이야기를 들려주었다.

신혼 초,
난소 기능 검사

생리가 불규칙하다고 하니까, 한 번 검사받아 보라고 하더라구~ 금방 끝나.

검사하고 맛있는 거 먹으러 가자.

응

... 안타깝지만 난소 상태가 좋지 않습니다..

쿵!!

자연 임신은 확률이 낮을 거예요..

나이도 있으시니 난임 시술을 생각해 보시는 게..

· · · 　　　· · ·

그 시술!!

당장 시작하죠!!

라잇나우!

응응!

인공 수정

1차 실패

왜...

슬픔

2차 성공

꺄!! 두 줄!!!!

기쁨

아기집 위치가 이상해요.. 아무래도 자궁 외 임신이..

네??

!!!

결국 유산...

왜... 내가 뭐 잘못했나? 야근을 많이 해서? 뛰어다녀서? 최대한 조심했는데.. 왜... 왜....

좌절

복강경 수술로 나팔관 제거...

회사에서...

이번 프로젝트 진행은 유 대리에게 넘기게 자네는 임신하면 빠질 거 아닌가.

틈만 나면 병원이야?

어차피 임신하면 회사 그만두는 거 아니야?

남의 승진 재꼈으면 더 잘해야지, 프로젝트 중에 자리를 비워? 참나..

3개월 프로젝트는 문제 없습니다. 기획부터 제가 준비한 거라 더 확실히...

그래도..

그래도 유산해서 그런 건데.. 어쩔 수 없죠..

일이 우선이지 그만두던가..

강 과장님 유산했대.. 어떡해.. 임신 성공했다고 그렇게 좋아했는데..

계속 야근 하더니 그거 때문 아니야?

불쌍하다..

아가, 왜 아직 소식이 없냐? 나도 손주 좀 보고 싶다. 남편도 잘 챙기고, 여자는 일이 다가 아니여.

애는 언제 낳으려고..

... 이렇게 마무리 되었습니다.

다음 기획 발표는 예정대로 내일 진행하겠습니다. 그리고 전에 보고 드린 대로 오늘 오후 반차 사용 하겠습니다.

또 반차인가?

알겠네. 자료는 메일로 보내고, 그만 가 보게.

휴..

거, 애 못 갖는 게 유세야? 반차 쓰면서 뭐 그리 당당한지... 하여튼 요새 젊은 것들은..

벌컥!

부장님,
지금까지 거의 매일
야근하면서 프로젝트
다 성사시키고,
제가 쉬는 걸로
회사에 절대 피해 없도록
처신했습니다.

최근 1년 동안 사용한
반차, 월차 전부 합쳐도
제가 한 달 야근한 시간보다
많지 않을 거라는 건 부장님이
잘 아시리라 생각합니다.
그럼에도 불구하고
임신 준비와 개인적인
사정을 비난하는 것은
퇴사 권유로밖에 생각되지
않습니다.

내가 그동안
야근을 얼마나
많이 했는데!

나 임신 못하면
네가 책임질 거야?

애 못 갖는다고
유세?

야 이 새끼야!

내 반차 내가
쓰겠다는데!!

인사부에
가서 바로
보고 드리죠.
인수인계는
확실히
해 두겠습니다.

이런
부당한 대우를
받으면서까지 이곳에서
일할 이유를 찾지
못하겠습니다.
퇴사하겠습니다.

아, 아니..

이봐..

유산했었구나..
그래서 직장
쉬기로 한 거구?

오래 일한
곳인데
아쉬웠겠다..
나중에 아기 낳고
복직하면 되지~

어...

실은 홧김에
때려친 건데...
이건 말하지 말자..

집으로 돌아와 남편에게
하니가 알려 준 난임 관련
이야기를 들려주었다.

앞으로 우리가 겪어야 되는,
겪을지도 모를 일들에 대해..

우리는 그렇게
각자의 생활로 돌아갔고,

또 새로운 내일을 준비하며
하루를 마무리 짓고 있었다.

◆ 임신 준비 진행 단계 & 비용 정리 ◆

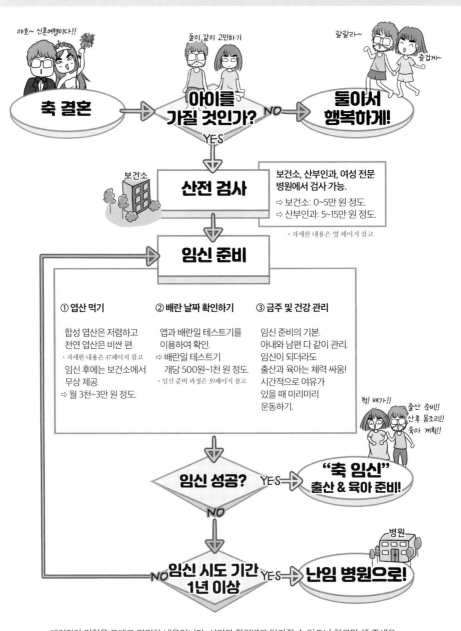

야호~ 신혼여행이다!!

축 결혼

둘이 같이 고민하기

아이를 가질 것인가?

NO

랄랄라~
슬겁게~

둘이서 행복하게!

YES

보건소

산전 검사

보건소, 산부인과, 여성 전문 병원에서 검사 가능.
⇨ 보건소: 0~5만 원 정도.
⇨ 산부인과: 5~15만 원 정도.
* 자세한 내용은 옆 페이지 참고

임신 준비

① 엽산 먹기

합성 엽산은 저렴하고 천연 엽산은 비싼 편.
* 자세한 내용은 47페이지 참고
임신 후에는 보건소에서 무상 제공.
⇨ 월 3천~3만 원 정도.

② 배란 날짜 확인하기

앱과 배란일 테스트기를 이용하여 확인.
⇨ 배란일 테스트기 개당 500원~1천 원 정도.
* 임신 준비 과정은 39페이지 참고

③ 금주 및 건강 관리

임신 준비의 기본.
아내와 남편 다 같이 관리.
임신이 되더라도 출산과 육아는 체력 싸움!
시간으로 여유가 있을 때 미리미리 운동하기.

헉! 배가!!

출산 준비!!
산후 몸조리!!
육아 계획!!

임신 성공?

YES

"축 임신"
출산 & 육아 준비!

NO

임신 시도 기간 1년 이상

NO

YES

병원

난임 병원으로!

• 개인적인 경험을 토대로 정리한 내용입니다. 시기와 환경별로 달라질 수 있으니 참고만 해 주세요.

'산전 검사' 참고 정보!

- **산전 검사란?** 임신하기 위해 몸이 준비되어 있는지를 확인하는 검사입니다.
  B형 감염 등의 문제를 미리 파악해 두면 기형아 확률을 낮추는 등 임신 시 발생하는 여러 위험을 방지할 수 있습니다.
- **언제?** 대부분 결혼 전후에 많이 합니다. 임신 계획을 세우기 6개월 전에는 미리 받는 것이 좋습니다.
- **어디서?** 보통 보건소와 산부인과에서 검사를 받는데 산부인과에서 보건소보다 조금 더 다양한 검사를 받을 수 있습니다.
- **비용은?** 몇몇 보건소는 무료로 진행하기도 하고, 무상으로 엽산을 제공해 주는 곳도 많으니 잘 확인해 보세요.
  산부인과 검사 내용에 따라 비용은 달라질 수 있습니다(5~15만 원 정도).

비용 절감을 위해 보건소에서 무료로 받을 수 있는 검사를 다 받고, 그 외의 검사만 산부인과에서 진행할 수도 있습니다.
단, 산부인과에서 패키지로 묶어서 검사를 진행할 경우에는 개별검사가 어려울 수도 있으니 먼저 전화로 문의해 보세요.

'배테기' 참고 정보!

- **배테기란?** '배란일 테스트기'의 줄임말입니다. 인터넷, 약국에서 쉽게 구매 가능합니다.
  개당 500원~1천 원 정도로 월 평균 7개 정도 사용합니다.
- **언제?** 생리 시작일로 10~15일 후부터 사용하는데, 생리 주기에 따라 다릅니다.
  시간을 정해 매일매일 같은 시간대에 규칙적으로 확인하는 게 좋습니다.
- **확인 방법은?** 일반적으로 두 줄이 표시되는데, 한 줄은 대조 선으로 늘 진하게 표시되고,
  또 한 줄은 호르몬 수치에 따라 농도가 변합니다. 진해질수록 배란이 가까워지고 있다는 신호로,
  갑자기 흐려질 때가 배란이 된 시기입니다.
- 보통 배란 2일 전부터 임신 확률이 높다고 합니다. 배테기의 두 줄이 진해졌을 때와 갑자기 흐려질 때입니다.

호르몬 유지를 위해 배테기 검사 3시간 전에는 물과 음료 섭취는 삼가고, 소변도 보지 않는 게 좋다고 합니다.

임신을 준비한다는 이유로
가로막힌 모든 자유

"옥자~ 너 지금 밴드 안 하지? 우리 팀 베이스가 그만둬서, 합류할래?"

"그냥 취미 밴드 맞지? 혹시 공연도 생각 있어?"

"당연하지~ 다 직장인이니까 자주는 못 하겠지만, 가끔씩 하려고."

"하고는 싶은데 지금 임신 준비 중이라서. 임신하면 못 할 수도 있거든, 좀 그렇겠지?"

"아, 그럼 안 되겠네. 지금 그만둔 베이스도 출산 때문에 그만뒀거든."

밴드 활동 외에 여럿이 같이 하는 취미는 시작도 할 수 없다.

"이렇게 3개월 등록하시면 할인된 가격으로 등록 가능합니다."

"혹시 등록하고 임신하면 부분 환불이나 양도 가능할까요? 아니면 장기간 쉰다거나."

"아니요, 저희는 환불이나 양도는 안 됩니다. 3개월까지는 쉴 수 있습니다."

"네… 알겠습니다."

헬스나 요가, 클라이밍 등등. 임신할 경우에 지속해서는 안 되는 운동들도 포기해야 한다. 어쩔 수 없다고 생각했다. 임신하면 어차피 더는 할 수 없는 활동이니까 포기하자고 생각했다.

그렇게 몇 년간을 포기하며 살다 보니 남는 건 '왜 진작 시작하지 않았나'라는 후회뿐이었다. 임신이라도 되었다면 조금은 덜 억울했을 텐데.

난임으로 인해 힘들었던 일은 단순히 병원을 다니고, 매달 임신에 실패하며 느끼는 절망감이 다가 아니었다. '혹시 임신되면 어쩌나' 하는 생각에 포기한 그 모든 일이 머릿속을 끊임없이 어지럽히며 메아리쳤다.

'진작 할 걸. 그냥 시작할 걸.'

물론 임신 후에도 지속 가능한 취미나 운동도 있었지만, 포기할 수밖에 없었던 것들에 대한 미련이 더 크게 느껴졌다. 이런 후회 속에서 날짜를 계산하며 또다시 다음 배란일을 준비하기를 반복했다.

2부

포기하기는 아직 너무 이르다!
인공 수정 도전!

6화 _

"난임 병원,
새로운 세계에 발을 들이다"

오늘은 난임 병원에 처음 가는 날이다!
아침에 눈 뜨자마자 밥도 안 먹고 바로 출발!

역시나 약간 긴장은 되지만...
부모가 되기 위한 첫 단계라 생각하니
조금은 설레기도 하고
기대가 되기도 하고...

뭔가 복잡 미묘한 기분!!

... ...

남편~~

응?

안 떨려?

그다지~
왜, 많이
긴장돼?

음.. 조금.

아직까지는
실감이 나지 않고..
일단 가서 상담부터
받아 보는 거니까.

난...

워워...
김칫국 자제!

병원 처음
가는 날인데 벌써
그런 생각까지
하는 거야?

무서워 죽겠어...
주사도 무섭고 진료도 무섭고
혹시 몸 어디에 문제가
있다고 하면 어떡하나...

그러다 갑자기
임신이 확 되면 어쩌나..
뭔가 더 준비를 해야 하는 거 아닌가.
어떻게 키울지, 직장은 어떡하지?
어린이집을 보내? 엄마한테 부탁??
이름은 뭐라고 해야 하나...

어제 밤새
잠이 안 와서..
뒤척이다 보니
별 생각이 다
들더라구..

흥흥흥~
자신 있다고~?

왠지 남편은
엄청 극성스러운
아빠가 될 거 같아~
루이한테 하는
거 보면.

혹시 임신되면
열 달 동안 잘
준비하면 되니까
걱정 마~

열심히 키울
자신 있으니까,
걱정하지 말고~

극성
이라니!
열심히
보살피는
거지!

벌써
머릿속에
육아 스케줄
다 짜여 있는 거
아니야?

막 이름 다
지어 놓고!

아니, 이름 몇 개는
생각해 보긴 했지만..

그럴 거
같았어~~

드디어 병원 도착!

난임 병원에 처음 간 날
알게 된 사실!

생각 이상으로 난임 부부가
정말 많다는 것...

... 대충...
1시간 정도
걸릴까...?

더 걸릴 거
같은데...
대기 인원이
줄지를 않네..

30분 후..

쿨......

흠..
책 가져오길
잘했네

1시간 후..

허리 아파...
피곤해...
언제까지 기다려야
하는겨...

옥자옥자!

화장실
갔다 왔는데 옆
진료실은 사람이
별로 없더라구.

옆 진료실 앞

널널~

응?

옆 진료실?

어라?

여긴
사람이
별로 없네..

아...
선생님들마다
대기 인원 차이가
꽤 나네..
이쪽 선생님으로
해 달라고 할 걸
그랬나.

남자 선생님
쪽은 보통
대기 인원이
적구나..

미리 확인 좀
하고 예약할 걸..

인공 수정이란?

난포 키우기 - 정자 채취
- 정자 이식

최대한 쉽게
알려 드릴게요~

아내의 배란기에 맞춰 남편의 정자를
채취하고 건강한 정자들을 가려내 특수
처리를 한 후, 가느다란 관을 통해서
자궁 속으로 직접 주입하는 시술입니다.

1. 난임이 의심될 때
   전문가에게 상담받기.

2. 시술이 확정되면
   약과 주사를 처방받고,
   정기적으로 진료를
   받으며 배란일까지
   난포 키우기.

3. 시술 36시간 전, 난포
   터트리는 주사 맞기.

4. 시술 날 남편과 함께 병원으로!

5. 시술 시작!
   아내는 시술실
   에서 대기하고,
   남편은 정자를
   채취해서
   전달하면
   임무 완료!!

※ 전달받은 정자는
   특수 처리를 거쳐 건강한
   정자들로 준비시킵니다.

찍미! 찍미!!
Pick me!
찍미 업!!
찍미!

※ 옆에 그림은
설명을 돕기 위한
이미지입니다.
실제로 이런 방식으로
처리되지 않습니다.

뭔가
특수한 기계로
특수 처리를
한다고...

6. 선별된 정자를 아내의
   자궁 안쪽으로 주입.

아프진 않아요.
질 초음파 검사와
비슷한 정도입니다.

7. 시술 후 1~2시간 정도
   휴식을 취한 후 귀가.
   (일상생활은 가능하지만 가능한
   누워 있기를 권합니다.)

더
자세한 설명과
비용 안내는
208페이지를
참고하세요.

체외 수정이란?

난포 키우기 - 난자, 정자 채취 - 배아 양성 및 이식

흔히 '시험관'이라고 말하지만 정확한 명칭은 '체외 수정 및 배아 이식' 입니다.

말 그대로 정자와 난자를 채취 후 몸 밖에서 수정시키고, 수정된 배아를 몸속으로 주입시키는 시술입니다.

1. 체외 수정이 확정되면 인공 수정과 마찬가지로 진료를 받으며 배란일까지 난포 키우기.

※ 보통 인공 수정을 2~3회 실패하거나 인공 수정으로는 안 될 것 같다고 판단될 때 체외 수정을 진행합니다.

2. 채취 36시간 전, 난포 터트리는 주사 맞기.

3. 채취 당일 남편과 함께 병원 방문.

4. 수면 마취나 국소 마취 후 난자 채취.

※ 전체 난임 시술 진행 중 제일 아프고 괴로운 과정입니다.

5. 남편은 정자를 채취하고 전달하면 임무 완료!!

※ 특수 처리를 거쳐 선별된 정자들과 채취된 난자를 수정시킵니다.

안녕하세요!!   반가워요~!

좋은 아침입니다!!

애기 많이 들었어요~~   굿모닝~

6. 난자 채취 후 휴식을 취한 후 집으로 귀가.

몸의 상태에 따라 입원하기도 합니다.

7. 배아 수정 완료! 3일 또는 5일 후 다시 병원 방문.

8. 수정에 성공한 배아를 자궁 안쪽으로 주입.

9. 시술 후 1~2시간 정도 휴식을 취하고 귀가. 착상을 위해 하루 이틀 정도 누워 있기를 권장.

※ 여분의 배아가 남아 있다면, 냉동시켜 다음을 준비합니다.

더 자세한 설명과 비용 안내는 280페이지를 참고!

혁... 샘, 생각보다 너무 복잡해요.. 이게 다 뭐..

끝이 아닙니다! 시술 전 확인 사항이 남아 있어요!

기준 중위소득 확인하고 **추가 지원금** 받기!

난임 시술 진료 시작 전에 꼭 확인하기!!

[건강 보험료 기준 중위소득 180%] '이상'인 경우

1. 아내, 남편 둘 다 열심히 운동!! 술, 담배, 등등.. 몸에 나쁜 것들 절제하기.

2. 그리고, 병원을 간다! 끝!!

[건강 보험료 기준 중위소득 180%] '이하'인 경우

1. 아내, 남편 둘 다 열심히 운동!! 건강한 몸 만들기.

2. 병원에서 '진단서' 받기.
('나팔관 조영술'과 6개월 내에 발급받은 '정자 검사' 기록이 있어야 함.)

3. '진단서'를 보건소에 제출, '지원 결정 통지서' 받기.

4. 병원에 '지원 결정 통지서' 제출! 끝!!
(추가 지원금 50만 원을 받을 수 있음.)

기준 중위소득 180% 기준 금액은 대략 2인 가구 총소득 538만 원으로 이 금액 이하이면 신청 가능합니다.

* 위 금액은 2020년 기준 금액입니다.
* 보건소에 직접 전화하여 지원 대상자가 맞는지 확인할 수 있습니다.

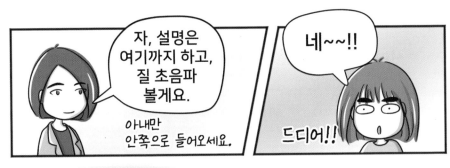

자, 설명은 여기까지 하고, 질 초음파 볼게요.

아내만 안쪽으로 들어오세요.

네~~!!

드디어!!

아야야야..

거의 다 됐어요~ 조금만 더 참아요.

처음 받는 질 초음파, 뭐.. 예상했던 대로 아프고 찝찝하고..

그래도 초음파상으로는 큰 문제는 없다 하여 다행이었다.

내막 건강하고.. 깨끗하네요. 난소 상태는 아주 좋은 편이에요.

저, 그럼 임신이 안 되는 게 난소 문제는 아닌 건가요?

정확하게는 나팔관과 몇 가지 검사를 더 해 봐야 해요.

그래도 '혹' 같은 문제가 보이지 않는 것 만으로도 다행 이에요.

이제 남편 계신 곳에서 마저 설명해 드릴게요.

일단,

초음파 검사에서 발견된 문제는 없어요.

괜히 걱정했네요.

휴~ 다행!

그래도 방심은 금물!!

아직 초음파 검사, 나팔관 조영술, 호르몬 검사 등등...

위 검사에서 문제가 보이면 해당 부분을 치료 후 다시 준비해야 하고,

또 주기적인 피 검사를 해야 하고, 배란 확인, 난포가 잘 크는지, 공난포가 아닌지 확인,

검사확인 검사확인 검사확인 검사확인의 무한 반복이 남아 있어요~~~~

당장 오늘도 나팔관 조영술하고 가셔야 돼요~~

나팔관에 막힌 데는 없는지 검사하는 거예요~~

헉..

네...

나팔관 조영술도 아팠어..ㅠㅜ

이런이런 얘기를 해 주셨는데... 이거 진짜야?

나 무서워..

어, 실화! 거기에, 임신되더라도 자연 임신보다 초기 유산 확률이 훨씬 높아서 계속 긴장해야 하고.

완전 사람 미침!

하니~

하니가 난임과 유산을 겪었다는 말을 처음 들었을 때는
막연히 힘들었겠구나, 라는 생각만 들었다.

막상 직접 병원에 가고 시술에 대해 알고 나니
그동안 하니가 혼자서 얼마나
괴로웠을지가 제대로 와닿았다.

난임이 말 꺼내기
어려운 주제이긴 하지만..
혼자 힘들어하지 말자구, 친구야!!

特別편

"내 이름은
'굴욕 의자'가 아니에요!!"

생식기 진료의 대표 아이콘!!
진료 의자를 소개합니다.

두구두구두구

두구두구두구

두구두구두구두구두구

두구두구두구두구두구두구

아놔.. 별걸 다시키네..

두구두구두구두구두구두구

특별편의 주인공을~~~

간장...흘비..

타이밍 잘 맞춰서...

두구두구두구

으아아아아!

두구두구두구두구두구두구두구두

차라라라라락

얍!!

챙~!!

소개합니다!!

차라라라라라라락

차라라라라락!

짜잔~~!!

아, 안녕
하세요!

의자
입니다.

진짜 이름은
잘 모르고요,

보통
'진료 의자',
'검진 의자'라고
부릅니다.

저는
산부인과와
난임 병원 등에서
성기 관련 진료를 보는
목적으로 사용되는
의자입니다.

편안하게
다리를 올리고,
벌릴 수 있게 도와
진료가 잘 진행되도록
돕는 역할을 하고
있습니다.

제가 특별한
이유는

단순한
치료가 아닌,
생명의 탄생에
관여하는
영광스러운
의자이기
때문이죠.

제 위에서
수많은 분이
생명을 잉태하고,
아이를 출산합니다.

이런 특별한
임무를 가지고 있는 만큼,

자부심을 느끼고
제 역할에 충실히
임하고 있습니다.

그런데...

누군가 '굴욕'이라고 부르는 순간, 아무렇지 않게 생각하던 분들도 수치심을 느낄 수 있어요.

인체의 소중한 부분을 진료하기 위한 의자인데, '굴욕'이라고 부르는 건 스스로를 부끄러운 존재로 만드는 거예요.

특별히, 어린 여성들이 산부인과, 생리 등을 창피해하는 건 위 세대의 책임이 크다고 생각합니다.

병원 진료나 생리와 같은 자연스러운 현상을 부끄러워하고 숨기려 한다면, 그 모습을 보고 배운 어린 친구들이 똑같이 행동할 수 있어요.

우리가 먼저 본을 보여야죠.

'굴욕'이 아니에요. 소중한 몸을 위한 진료일 뿐이에요.

이제 잘 알았지? 우리 진료 의자, 앞으로도 잘 부탁해요~!

정확하고 편안한 진료가 되기 위해 최선을 다하겠습니다!

넵~!

얍!

예아~!

진료는 제 위에서 편안하게 받으세요!!

산부인과와 난임 병원은 **당당하게!** **밝게!** **자신 있게!** 방문하세요~!

7화

"무엇보다 지키기 힘들었던
마음의 평화"

병원을 갔다 온 날 저녁,
남편과 루이와 함께 집 앞 공원에 산책 겸 운동을 나왔다.

하루 종일 '난임 시술'과 '돈'에 대한 생각에
머릿속은 극도로 복잡해진 상태...

남들은 자연히 되는 임신을
왜 우리는 이렇게까지 힘들게
큰돈을 들이면서
해야 하는 건가??

형아~
나도 공~ 공~!

아니,
다른 부부들은 그냥
아기가 생기는데,

통!

우리는 왜
몇십, 몇백
만 원 돈을
써야 하는
거냐고!

엥~?
그거 때문에
아까부터 화가
나 있었던
거야?

통!

남편은 화 안 나?
다른 부부들처럼
자연스럽게 생기기만
하면 안 써도 되는
돈인데,

게다가 시술
한다고 100%도
아니고, 될 때까지
돈을 계속 써야
된다니?

그래도
예전에 비해서
지원 금액이
많아졌잖아.

보험도
적용되고~

내 돈!
아까운 돈!
피 같은 돈! 돈!

한 번 할지
열 번 할지도
모르고!

지원된다고
해도, 어쨌든
돈은 써야
하는 거잖아!

안 써도 되는 돈이
나가는데,
안 억울해?

임신이 안 되니까
임신을 하기 위해
돈을 쓰는 건 당연한 거지~

당연한 일에 계속
화내 봤자 자기만
손해야.

진정해~

통!

흥아~

대부분 그냥
아기가 생기는데...
뭔가 억울한 거
같아..

흠...
그러면 이렇게
생각해 봐.

우리는 둘 다 엄청
건강해서 지금까지 병원에
입원 한 번 한 적 없잖아.

큰 사고 난 적도
없었고.

통~

그치~

아무리 냉정하게 생각하려 해도
돈에 대한 미련은 쉽게 가라앉지 않았다.
한 번에 성공할지.. 열 번에 성공할지..
돈을 얼마나 쓰게 될지...

문득, 예전에 우연히 알게 된 기도문이 떠올랐다.

내가 바꿀 수 없는 것은
받아들일 수 있는 평온한 마음을,

내가 바꿀 수 있는 것은
최선을 다해 임할 수 있는 용기를,

그리고 그 차이를 구별할 수 있는
지혜를 구하는 기도..

너무나 당연한 사실이지만,
세상은 공평하지 않다.

누군가는 돈이 많은 가정에서 태어나고,
누군가는 그렇지 않다.
누군가는 건강하고, 누군가는 허약하다.

나는 이런 당연한 사실에 대해
하루 종일 화를 내고 있었다.

지금 나에게 필요한 건,
바꿀 수 없는 상황을 받아들이고
마음의 평안을 되찾는 것!!

세레니티~
세레니티~

??

산책 좋아~

세레니티?

그래서?
마음의 평안이
좀 찾아왔어?

아니...

그게
그렇게
쉽게 오진
않더라구.

어,
그래..
고생이다.

그래도
무상 씨가 옆에서
잘 다독여 줘서
다행이다.

맞아
맞아

?!

응?

늘 그렇게
차분하고 당황하는
일도 없고, 그렇지?

아녀~ 아녀~
겉으로 담담해
보여도, 남편도 처음
겪는 일이니까~

전에 요런 일이
있었는데~

그때 엄청
당황했었거든.

병원에서..

141

그 남자의 사정...

내일 병원에 검사받으러 가야 돼~

오키~ 시간 비워 둘게~

산전 검사 기록 필요하다고 하니까, 그때 받은 검사 결과지 꼭 챙겨 놔~!

검사 결과지?!

어딨지?

여기 놔뒀던 거 같은데

어딨지????

찾았다!!!

이걸 어떻게 받았는데.. 잃어버린 줄 알았네...

다행이다..

큰일날 뻔..

대략 반년 전..
[집 근처 산부인과]

음...

괜찮아.. 태연하게

긴장하지 마.. 별일 아니야...

태어나서 처음 온 산부인과! 심지어, 혼자!!

웅성웅성

아내는 시간이 안 맞아 따로 오기로...

어머~ 오랜만이에요.

너~ 뭐 해봤죠?

인덕은 좀 괜찮아요?

웅성웅성

어머 몇 개월 이에요?

그래서 그때~

에구구.. 배 땡겨라

주변에는 전부 임산부 부부와 여성들만...

김무상 님~ 이쪽으로 오세요.

정자 검사 받으러 오셨죠? 이쪽으로 오세요.

처음 오셨죠? 절차를 간단히 설명해 드릴...

어라.. 긴장하지 마세요.

네.네.네.네

너무 긴장해서 로봇으로 변해 버린 무상 씨!

145

탁탁탁탁!!!!

4층 거주, 엘리베이터 없음

벌컥!!

혁혁.. 루이, 세바 비켜!!

자네 왔는가, 배가 고프네!!

형아~ 산책 가자~!

쾅!!

앗!! 형아!!!

후다닥!!

웽??

인사도 안 하고! 이런 무례객!!!

형아... 산책...

파앗!!

뭐지...

벌컥!!!!

깜짝!!

형아! 형아!! 가지 마~!!

부우웅~~!!

가져왔습니다!!

헉!

헉!

[5시간 후..]

정자 수: 많음.
운동성: 활발.
모양: 이상 없음.
결론: 정자 상태 아주 좋음.

이게 얼마나
힘들게 얻은 검사지인데..
잃어버린 줄 알고
놀랐네...

여보~

답답한 과묵 씨...

내일 토요일 인데, 같이 병원 갔다가 나들이 갈까? 별일 없지?

... 내일 서버 테스트라 근무 하는데...

됐어!

음식 배달 시키고 엄마라도 부를게!

어쩔 수 없지~

다음 주 주말은 전부 시간 비워야 하는 건 알지? 그날 채취하는 거니까.

나 이틀 정도는 못 움직일 거 같거든.

혼자 임신하고 혼자 낳고 혼자 키우지 뭐,

가서 돈이나 많이 벌어 와~

흥

가, 가~!

빠직!

아... 그날 나는 오전에 병원 갔다가 바로 지방 출장.. 스케줄 미리 못 바꿔서.. 미안..

깜박했어..

침울..

.. 응...

남편~!

추욱...

농담이야!!

농담농담!

하니, 요새
몸은 좀 어때?

그런데,

전에 난포가
잘 안 자란다고
했었잖아.

?

지금 배주사
맞으면서 열심히
키우고 있어,
선생님이 이번엔 잘될 거
같다고 하셨구.

다행이다~
이번엔 꼭 난자
많이 채취되면
좋겠다.

. . . .

?

응, 그동안
많이 쉬면서 몸
회복시켰으니까,
냉동시킬 여유분까지
나오면 좋겠는데
또 모르지.

저기...

난자는 원래
한 달에 하나
자라는 거 아니야?
그걸 키워?
냉동 이식은 뭐야?

나도 끼워 줘..

나 무슨
얘기인지
하나도 이해가
안 가~
소외감 느껴..

너도 얼마 전까진
나랑 똑같았거든!!

머글~

훗~
일반인은
모르는 세계라~

보통 난자는 한 달에 한 개씩 생성되는데, 난임 시술은 임신 성공 확률을 높이기 위해 호르몬을 조절해서 난자가 더 많이 생성되도록 주사와 약을 처방해.

설명설명

설명설명

난자가 생성되면 바로 정자를 이식하거나, 난자를 채취해 정자와 수정시켜 배아로 만들어 이식하거나, 나중에 냉동했다가 이식할 수도 있고. 자세한 내용은 120, 121페이지를 참고하구~!

얼마전까지 난임에 대해
전혀 모르고 있던 내가
다른 사람에게 설명을 하고 있다..

헐....
빡세네..

이런 것들을 모르고 넘어간 채
평범하게 임신되었다면 좋았을 텐데..
자연 임신을 했던 빛나가 마냥 부러워지기도 하고..

나에게 난임이란 이런 것이었다.

하루에도 몇 번씩,
주변 사람들과 나를 비교하며
억울함을 느끼고,

그리고 또 마음을 다독이며
안정시키는 일을
수없이 반복하는 것!

그래서 정확하는 시험관이 아니고..

야, 나도 이건 이번에 알았는데..

체외 수정인데 사람들이 대부분 잘못알고 있고..

시술로 임신하면 쌍둥이 확률이 엄청 높대,

그만해, 이것들아!!

병원 가면 단 달 걸릴 거라고 생각하지만, 이것도 단계로 여러 가지고.. 설명설명설명

그래서 일부러 시술하는 부부들도 있다고.. 그리고 어떤 부부는.. 설명설명설명설명

153

8화 _

"주사라는 주사는
모두 내게로 오라!"

첫 배주사...

배주사를 처음 맞으러 가는 날..
꿈도 안 꾸고 늘 잘 자던 내가 평소와 다르게
머릿속을 시원하게 해 줄 정도의 악몽을 꿨다.

주사를 무서워해서 독감 주사도
안 맞고 도망다녔었는데...

내 발로 병원에 찾아가
주사를 맞게 될 줄이야..

진짜! 첫 배주사...

아... 싫다..
배에다가
주사를 맞는다니...
빨리 끝났으면..

주사.. 바늘..
주사..

끔찍해...

김옥자 님~
주사 맞을게요~!

히익~~!!

데자뷰!!

아... 저..
주사 안 아프게
놔 주세요..
많이 때려
주세요..

주사가 안 느껴지게
찰싹찰싹

에구...
주사 많이
무서워하시나
봐요?

배주사는
바늘이 아주 얇아서
안 아프니까
걱정 마세요.

정말요?
안 아픈가요?
제가 바늘을 좀
무서워해서..

뉘?!!
언빌리버블~!!

주사를
직접 놓는다고요?
말도 안 돼!

그럼요~
주사 놓는 법
배워서 집에서
직접 놓을 수도
있어요.

'자가 주사'라고..

주사라는 건
바늘이 몸속에 꽂혀서
막 후비적후비적
이런 거 아닌가요?

이걸 직접
한다고??

대부분 처음에는 무서워하시는데, 금방 익숙해져요. 걱정 마세요~

네..

우선 배주사 놓는 법 알려 드릴게요.

자, 그럼

[배주사 처방 방법]

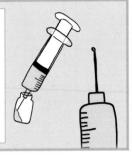

1. 냉장 보관된 주사와 약을 꺼내, 정확한 주사 양을 흡입한 후,

주사기 바늘을 하늘로 향하게 하고 살짝 눌러 공기를 빼 주세요. 바늘 끝에 물방울이 살짝 보일 정도로!

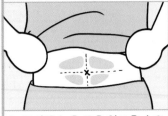

2. 배꼽을 중심으로 십자가를 그린 후 그 부분을 제외한 곳에 주사를 놓습니다.

3. 주사를 놓을 곳을 알코올 솜으로 닦아 줍니다(보라색 부분).

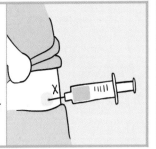

4. 주삿바늘을 꽂을 때와 뺄 때는 배와 직각을 유지!!

주사약을 천천히 넣고 바늘을 빼면 끝!!

※ 주사 맞은 곳을 알코올 솜으로 잠깐 동안 살짝 눌러 주세요. 세게 문지르면 멍이 들 수 있어요.

어렵지 않죠?

이제 주사 놓을게요. 배 보이게 옷 걷어 주세요.

자~ 금방 끝나요. 긴장하지 마시고~~

넵!!

의도치 않은 이른 출근

다시 버스

어라, 대리님 일찍 출근 하셨네요.

굿모닝~ 어쩌다 보니 일찍 와서요.

아침은 빵으로?

또 다음 날

졸려...

피곤해..

아 힘들어.. 주사 배워서 집에서 해 볼까?

뾰족!!

직접 해 보시겠 어요?

아, 아뇨... 그냥 병원 올게요...

무서워요..

161

162

1년 전 하니는...

[아침 회의 후]

...이렇게 진행하겠습니다.

수고했네.

[화장실로]

화장실

척 척 척

그럼, 다 같이 커피나 마시러 갈까?

네!

좋죠~!

탁!

탁!

탁!

아.. 부장님 죄송합니다. 잠시 해야 할 일이..

꾸욱~!

자네 요새 개인 볼 일이 많은 거 같아.. 회사에 왔으면 다 같이 움직여야지.

네..

하... 언제까지 이런 짓을..

뭐 하는 짓인지..

163

세바! 잠깐!! 너 발톱!!

발톱 깎아 주는 거 깜빡했어!

쿨럭! 아아악! 아파!

살려 줘!!

꾹꾹꾹! 꾹꾹꾹꾹!! 파바바바바박! 팍팍팍팍! 퍽퍽!! 푹푹푹! 파바바바바바박

후~ 간만에 시원하게 몸 좀 풀었네.

헐...

햝햝햝

헐...

뭐, 왜! 어쩌라고

세바 너무해... 너 일부러 발톱 날카롭게 갈아 온 거지..

?

이런 일이 있었거든~

'배주사' 참고 정보!

- **언제?** 매일 같은 시간대에 처방해야 합니다.
- **어떻게?**

① 집에서 자가 주사로

혼자 스스로 주사를 놓을 수 있다면 여러 번 병원에 가는 번거로움을 줄일 수 있습니다. 시간이 잘 맞아 남편이 주사를 봐 줄 수 있으면 아내에게 큰 도움이 됩니다.

② 난임 병원에서

혼자서 주사를 놓기가 어렵다면 매일 같은 시간대에 병원에 방문해 주사를 맞아야 합니다.

③ 집과 가까운 병원에서

난임 병원이 멀다면 처방받은 약과 주사를 가까운 병원에 맡기고 해당 병원에서 주사를 맞을 수 있습니다. 행위료는 5천~1만 원 정도입니다.

- 배주사는 개인적으로 무서웠지만 전혀 아프지 않은 주사였습니다. 겁먹지 마세요!
- 최근에는 보건소에서도 난임 주사 시술을 지원하기 시작했습니다.

피 검사..
배주사..
엉덩이 주사..
등등

시술 한 번 할 때
대충 주사 10대 정도
맞는 거 같아..

하도 맞으니
조금 적응된 거 같기도..

까짓것,
임신만 확실히
되면, 불만 없이
맞지!

이렇게
고생했는데
안 되면 너무
억울하잖아!

맞아,, 맞아

임신만
확실히 된다면
100대도 맞을
수 있어.

너무 올렸다.
난 적당히
30대 정도..?

난 천 대도
맞을 수 있어!

아, 아니..
그건 좀...

고슴도치가
될 거야..

만 대
라도...

늘 당차고 쿨한 하니가
눈물을 보였다...

웬만한 일에는
눈도 깜빡하지 않는 하니가...

9화

"말 못 할 괴로움 앞에
의지할 수 있는 유일한 존재"

'노력은 배신하지 않는다!'를 모토로
늘 열심히 살아온 그녀, 강한이!!

공부

언제나
상위권!

건강

조깅으로
단련된
탄탄한 체력!

연애

무뚝뚝한
프로그래머를
살살 녹여
결혼까지
골인~!

그런 그녀에게 난임은 노력만으로 이겨 낼 수 없는
인생 최대의 장벽이었다.

난임 선고

쿵!!!

유산!

쿵x2

퇴직!!

쿵x3

쓰리 콤보!
번아웃..

빠듯한 업무로
병원도 맘 편히 다니지 못하고,
유산에 이어 난소 상태도
더 안 좋아졌다는 말에
끝내 직장을 그만두고 집에서
쉬면서 임신을 준비하기로 했다.

그러나... 마취에서 깨어난 그녀가
들은 말은..

안타깝지만..
채취된 난자가
없습니다.

네?
그게 무슨
말인지...

분명히
난포가
자랐다고..

난포가 자라긴
했는데, 안에
난자가 없는
공난포였어요..

이런 경우가
가끔 있기는
하지만...

쩌적!!

쩌저적!

그리고...
공난포는 정부 보험
지원이 안 돼요.

이번에 진행하면서
지원받은 금액은 취소하고
다시 결제하셔야
할 거예요...

뭐..?

파삭!!

난자가 없다고..?

공난포?

우선 당분간은
난소를 안정시키고,
다음에 다시...

뭐야, 뭐야 공난포가 뭐야?

난자가 없다고? 그럼 이제 임신이 안 된다는 거야?

아니..

이번에 채취가 안 된 거고.. 다시 키워서 채취하면 되는 건데..

그치, 하니? 다시 할 수 있는 거지?

어... 다시 준비하자고 하는데... 난소 나이도 전보다 더 높게 나오고.

난자 생성이 될지, 안 될지.. 선생님도 확신 못하시더라구.

이번엔 정말 성공할 줄 알았는데..

다음 채취까지 또 얼마나 걸릴지..

차라리 일이라도 하고 있으면..

이렇게 비참하진 않을 텐데..

하니...

다시 복직하기도 힘들 거 같고..

그냥 집에서 아무것도 안 하는 게 더 불안한데...

. . .

. . .

집 도착

난임은 정말 괴로운 일이다.

특히 아기를 간절히 바라 온 여성들에게 난임이란
불치병과도 같은 절망감을 느끼게 한다.

사생활을 포기하고,
계속해서 약을 먹고 주사를 맞고..
주변의 시선을 담담히 버텨 내고...

그 힘든 과정을 버티게 해 주는 것이
남편의 역할이다.

내 아들이
고자라니...

난임은 혼자 겪는 일이 아니다.

부부가 함께 이겨 내야 하는
큰 과제이다.

드디어 임박한 인공 수정...

배주사와 약으로 열심히 키운 난포를 터트리고,
마지막으로 남편의 정자만
주입하면 된다

1차 성공은 로또라고 하던데...
과연...?

난포는 아주 잘 컸어요. 이제 난포 터트리고 시술 진행하면 될 거 같아요.

네!

네!!

난포 키우는 주사는 이제 그만 맞아도 돼요~

예~!!

얼쑤~ 좋구나!!

♪♩~

배주사 끝~

그렇지만~~!!

아직 엉덩이 주사가 남아 있어요~~!
이건 배주사보다 아주 조금 더 아플 거예요.
시술 시간에 맞춰 난포를 터트리는 주사니까 꼭 정해진 시간에 병원으로 방문하셔서 주사 맞으셔야 해요~!!

넵!!

남편 분도 시술 3일 전에 정자 배출해 주시는 거 잊지 마시구요!

네, 알겠습니다!

시술 시간 36시간 전..

난포를 터트리기 위해
퇴근 후 병원 주사실로 향했다.

난포들이 잘 터져서
건강한 난자가
준비되기를...

아주 힘껏!
감각이 사라질
정도로 매우 후려쳐
주세요!! **때려 주세요!!**

네네~
원하신다면
얼마든지!!

찰싹찰싹
찰싹찰싹
찰싹
찰싹
찰싹찰싹
찰싹
찰싹 찰싹
찰싹찰싹
끙..

빛나
주사 잘 맞았니?

어ㅎㅎ 간호사 샘이
아주 시원하게 때려 주셨어
주사가 거의 안 느껴짐
옥자

하니
나는 그래도
아팠었는데 ㅋㅋㅋ

빛나
간호사 샘께
배꼽 인사해라

아직도 엉덩이가
얼얼해~~~
옥자

엉덩이가
빨개~~!

후끈후끈~!

185

10화 _

"둘에서
셋이 될 수 있을까?"

드디어, 인공 수정 당일..

해도 뜨지 않은 새벽,
갑자기 눈이 떠졌다.

아침잠이 많아 이 시간에 일어난 적이 없었는데...

괜찮다고, 자신 있다고 여겼는데,
생각 이상으로 긴장하고 있었나 보다.

멀뚱멀뚱
멀뚱멀뚱

읍냐....
을...

푹 자야 컨디션이 좋을 텐데..
도저히 더 잘 수가 없었다.

임신을 위한 첫 번째 시도!
과연.. 성공할 수 있을까..

실패하면 어떡하지...
성공하면.. 어떡하지..

어떡하지.. 어떡하지..

병원에 매일같이 출근하고,
돈 들이고, 주사 맞고,
이렇게 해도 임신이 안 되면..

어떡하지..
어떡하지..

나 먼저
시술실로
가요.

어, 너무
걱정하지 말고,
마음 비우고.

... 시술실로 이동 전,
남편과 손 한 번 꼭~ 붙잡고
헤어졌다.

옥자!
파이팅!

불끈!

아자!
아자!!!

힘내~!

시술실

안에서 가운으로 갈아입고 기다려 주세요.

남편분 정자 채취 후 이식까지 대기하셔야 해서 시간이 조금 걸려요.

[옷 갈아입기]

[누워서 기다리기]

[그리고.. 망상 타임]

아... 드디어 시작이다.. 진짜 엄청 긴장되네.. 하니는 이런 걸 몇 번을 했다고?

한 번에 성공했음 좋겠다.. 1차 성공은 확률이 낮다곤 하던데.

얼마나 기다려야 하나.. 후딱 끝났으면.

결과까지 2주 정도. 진짜 피 말리겠네.. 임테기는 언제부터 해 봐야 하나..

아, 무슨 로또도 아니고. 왜 이렇게 긴장되지..

그 시각, 남편은..

김무상 님~ 채취실로 안내해 드릴게요.

!!

설마 전처럼 남는 방이 없어 헤매지는 않겠지..?

끙..

빈 병실을 찾아 헤매던 난감했던 기억..

이쪽입니다~!

제일 안쪽 방으로 들어가시면 됩니다.

다 끝나시면 채취용 컵은 반납 공간에서 성함 확인하고 회수합니다.

네~!!

오~ 방이 많아!!

다행이다~!

오~!

오~~~~~!!

그 시각, 아내는..

1시간째..
[여전히 망상 중]

[이식 진행]

힘 빼시고..
금방 끝나니까
조금만
참으세요.

네!

[이식 후 누워 있기]

이제 이식
끝났어...
병원에서 조금만
누워 있다 가라고 하네,
30분 정도 있다가
데리러 와 줘~

[시술 비용 수납하기]

원무과

네..
아.. 이번 달..
통장..
마이너스다..

시술비와
약 처방지
결제할게요.

[처방 약 구매]

으아아...
질정도
엄청 비싸..

질정
사용법은
안에 적혀
있어요~

약국

[집으로...]

.....

드디어 첫 번째 인공 수정 시술 완료!!

이제 2주 동안 최대한 조심하면서
결과를 기다리는 일만 남았다.

이 2주 동안 앞으로 내 인생의 방향이
결정될 것이다!!

193

시술 2주 후 결과가 나오는 날...
아침 일찍 병원에 가서
피 검사를 받았다.

피 뽑으면서 온갖 생각이
다 들었다.

조금만 더 조심할 걸...

혹시 잠깐 뛰었던 일로 임신이 안 됐으면 어떡하지,
산책도 하지 말 걸 그랬나? 라는 생각들에..
마음이 복잡했다.

4시간 후,
피 검사 결과를 알려 주는 전화를 받았다.

피 검사 수치 0...

설마 했는데..

한 달간의 노력이 전부
수포로 돌아갔다...

도대체 뭐가 문제인 걸까...
원인을 알면 고치려고
노력이라도 할 텐데..

인공 수정을 또 해야 하나?
아니면 시험관으로?

더 힘들다고 하던데..
또 실패하면 어떡하지?
어떡하지??

어느 주말 아침

1차 인공 수정 시술은 실패했다...

한 번에 성공하는 확률이
낮다고는 알고 있었지만...

생각보다 큰 좌절감에
아무것도 하기 싫어졌다.
사고 정지, 활동 정지...

[3시간 후]

벌써 12시가 넘었네

옥자~ 따뜻한 차 한 잔 줄까??

응.. 주면 땡큐.

18:39

아.. 길 찾기 힘드네..

자~ 차 한 잔 마시고 해. 따뜻한 홍차.

고마워.

아, 거기거기 오른쪽에 동굴 입구 있어.

아.. 거기였구나.. 땡큐.

배 안 고파? 밥 몇 시에 먹을까?

나 별로 식욕이 없어.. 배고프면 남편 먼저 먹구.

아니, 나도 배고프진 않네. 나중에 같이 먹자.

[2시간 후..]

3:22 딸각
딸각딸각
딸각
딸각딸각
딸각

그리고 또,
[1시간 후..]

4:44

멍...

아...
아무것도 하기 싫다..
이미 아무것도 안 하고 있지만
더 격렬하게..
적극적으로 아무것도 하기 싫다..

세바야..
도대체
왜 안 되는
걸까..?

나도 건강
남편도 건강
너도 건강..

응? 세바~
대답 좀 해 봐..
왜 안 되는 거냐고~~

나도 모른다냥..

옥자~
아직도 게임해?
벌써 4시가
넘었어.

그러다 등에
욕창 생겨

응..
게임은 안 하는데..
괜히 기운이 없네..

인공 수정
실패해서 우울한
마음은 알겠는데..
그럴수록 더
운동하면서 다음을
준비해야지.

계속 누워만
있으니까 그렇지.
일어나서 스트레칭
좀 하고, 뭐라도
먹자~

그래야지 하고
생각은 하는데..
다음에 또
실패하면 어쩌나
무섭기도 하고..

자꾸 임신에
실패하니까,
자존감도 떨어지고..

고작 한 번에
멘탈이 무너졌어..

이런 걸 몇 번씩 하는 사람들은
도대체 어떻게 버티는 거야..?

내가 뭔가 잘못했나..
그런 생각밖에 안 들고..
또 도전했다가 실패하면
지금보다 더 우울할
거잖아..

흠..

200

임신이 안 되는 걸 실패라고 생각하진 말자.

임신을 하면 아기랑 같이 사는 인생인 거고, 안 되면 또 그 나름대로의 삶을 사는 거지..

난 옥자랑 둘이 행복하게 잘 사는 게 중요하지 아기가 중요한 게 아니거든.

훌쩍

또 알아? 나중에는 오히려 아기가 안 생겨서 더 좋았다고 생각할지.

그치만,

이렇게 고생했는데 안 생기면 억울하잖아.

그렇다고 안 되는 일에 주구장창 매달릴 수는 없지~

나도 난임 관련 후기들 찾아봤는데...

우리가 아기를 엄청 바라는 것도 아닌데, 몇십 번 도전하고, 고생하고..

솔직히 그건 좀 힘들 거 같아.

하하하... 나도 그렇게까지 할 자신은 없어.. 하니 보면서도 대단하다고 생각한다니까.

에라 모르겠다~!

그냥 하는 데까지 해 보지, 뭐!

밥이나 먹자~ 이제 좀 배고프네!

훗!!

그럴 줄 알고,

201

달려!!

허겁지겁!!

체하겠다! 천천히 먹어~

집에서는 별이 때문에 제대로 못 먹는단 말이야!!

우걱우걱 와구와구

이제 좀 괜찮아진 거야?

응응, 남편이랑 루이랑 세바가 위로해 줬어~ 맛있는 것도 만들어 주고.

우물우물우물

근데 진짜 결과 들은 날은 너무 우울하더라, 끔찍...

당연하지. 유산 때문에 병원에서 울고 있는데 회사에서 전화 오지, 어머님 전화 오지.. 잔소리에 타박에..

너무 우울해서 상담 치료 까지 받았 다니까~

야.. 난 그 정도까지는 아니었어..

혼자 뭔 일을 겪은 거야, 진짜! 말도 안 하고!!

말할 기력도 없었어..

다 지난 일 이야..

아무튼,

그렇게 두 달을 준비하여
인공 수정 2차를 진행했다.

결과는 또다시
'피 검사 수치 0'...

수치가 0이면
착상은커녕 수정조차
되지 않은 거라고 한다.

힘내...

1차 때만큼 절망감이 크진 않았지만..
역시나 며칠 동안은 우울한 마음으로 지냈다.

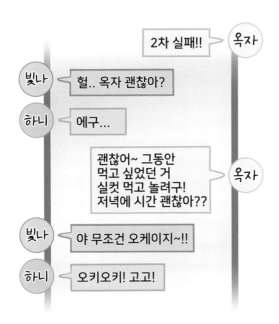

옥자 2차 실패!!

빛나 헐.. 옥자 괜찮아?

하니 에구...

옥자 괜찮어~ 그동안
먹고 싶었던 거
실컷 먹고 놀려구!
저녁에 시간 괜찮아??

빛나 야 무조건 오케이지~!!

하니 오키오키! 고고!

이제 정말 체외 수정을 해야 하는 건가...
하니 말로는 인공 수정보다
훨씬 아프고 힘들다고 하던데...

난임의 원인도 모르는 채
시도는 계속하고 있지만,
벌써 조금씩 지쳐 가는 게 느껴졌다.

이대로 임신이 될 때까지
무작정 병원을 다녀야 하나?

애초에 나는 이렇게까지 임신을
바랐던가?

공부와 취업 등 지금까지는 힘들어도
목표와 결과가 뚜렷한 길을 걸어왔는데...

현재는 방향을 잃고 빙빙 돌고만 있는 기분이다.

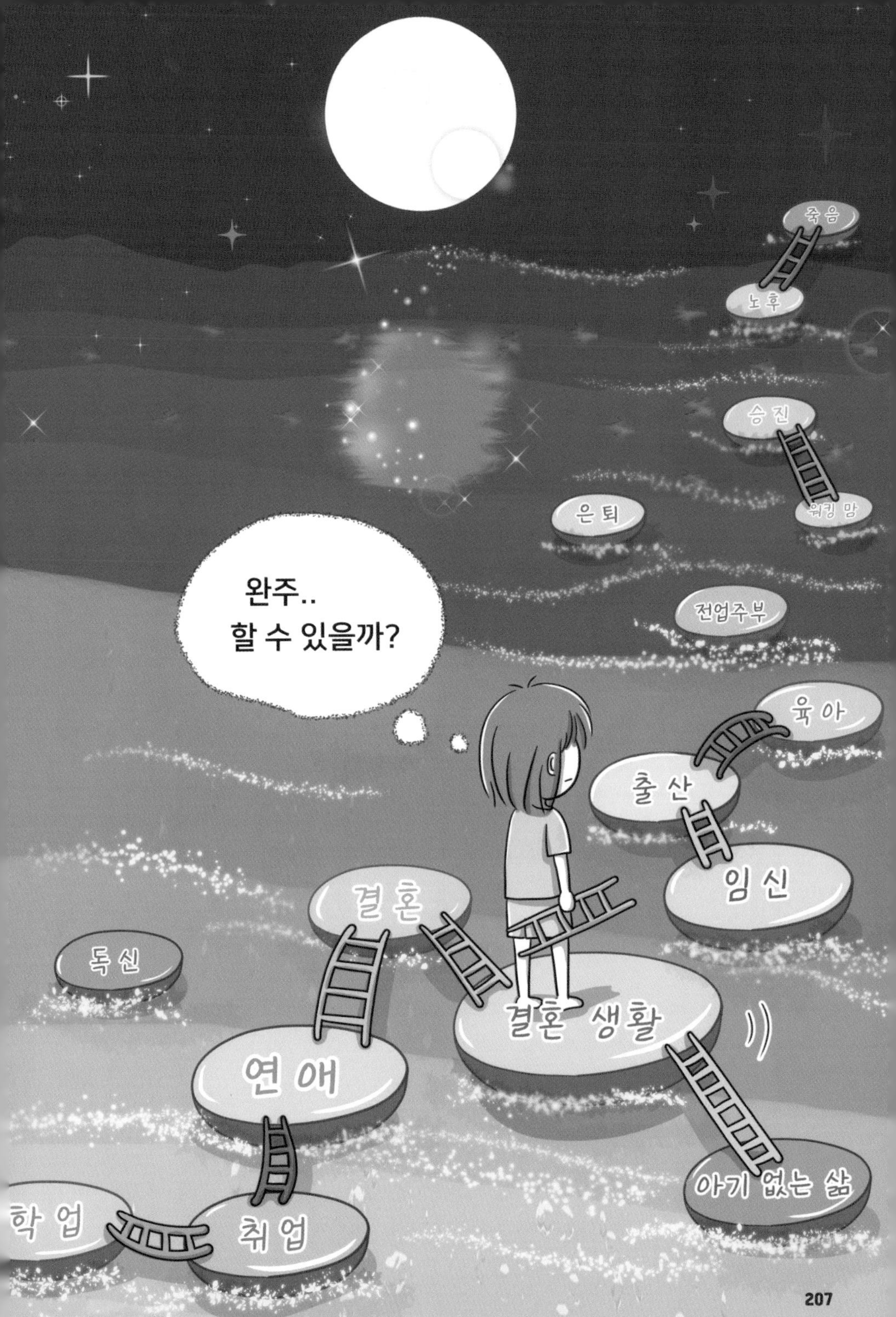
완주..
할 수 있을까?
죽음
노후
승진
워킹 맘
은퇴
전업주부
육아
출산
임신
결혼
결혼 생활
독신
연애
아기 없는 삶
학업
취업

✦ 인공 수정 진행 단계 & 비용 정리 ✦

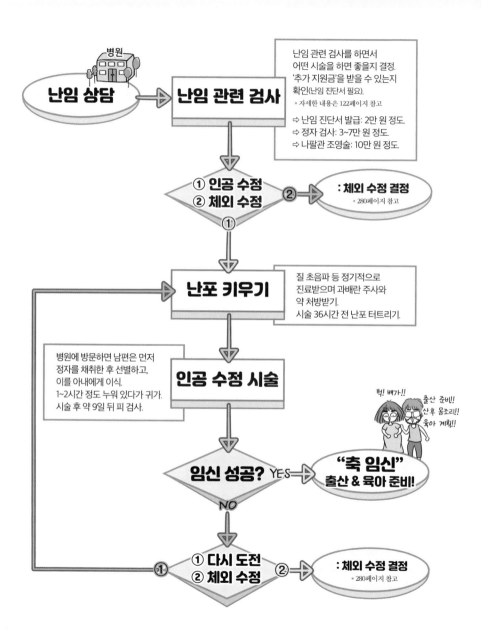

병원

난임 상담

→

난임 관련 검사

난임 관련 검사를 하면서
어떤 시술을 하면 좋을지 결정.
'추가 지원금'을 받을 수 있는지
확인(난임 진단서 필요).
* 자세한 내용은 122페이지 참고

⇨ 난임 진단서 발급: 2만 원 정도.
⇨ 정자 검사: 3~7만 원 정도.
⇨ 나팔관 조영술: 10만 원 정도.

① 인공 수정
② 체외 수정

② →

: 체외 수정 결정
* 280페이지 참고

①

난포 키우기

질 초음파 등 정기적으로
진료받으며 과배란 주사와
약 처방받기.
시술 36시간 전 난포 터트리기.

병원에 방문하면 남편은 먼저
정자를 채취한 후 선별하고,
이를 아내에게 이식.
1~2시간 정도 누워 있다가 귀가.
시술 후 약 9일 뒤 피 검사.

인공 수정 시술

헉! 배가!!
출산 준비!!
산후 몸조리!!
육아 계획!!

임신 성공? YES →

"축 임신"
출산 & 육아 준비!

NO

① 다시 도전
② 체외 수정

② →

: 체외 수정 결정
* 280페이지 참고

①

✦ 인공 수정 일정표 & 참고 정보 ✦

01	02	03•	04	05	06	07
생리 시작!		병원 방문	난포 키우기 – 과배란 약 먹고 배주사 맞기			

08	09•	10	11	12••	13	14••
난포 확인 시술 날짜 정하기			정자 배출	난포 터트리는 주사 맞기		인공 수정 시술

15	16	17	18	19	20	21
질정 넣기 – 임신 확인까지 하루 한 개씩 질정 넣기 →						

22	23	24	25	26	27	28•
질정 넣기 – 임신 확인까지 하루 한 개씩 질정 넣기 →						피 검사

29	30	31	
임신 실패 시 다음을 준비…			● 표시는 아내가 병원에 방문해야 하는 날. ●● 표시는 부부가 함께 병원에 방문해야 하는 날.

병원 방문
생리 시작 3일째 되는 날 병원에 방문합니다. 질 초음파를 본 후 과배란 즉, 난포를 키우기 위한 약과 주사를 처방받습니다.
⇨ 진료, 질 초음파: 한 번 방문 시 대략 2~3만 원.

난포 키우기
약, 주사는 꼭 같은 시간대에 처방해야 합니다. 과배란 주사는 배주사로 병원을 방문해서 맞거나 집에서 자가 처방이 가능합니다. (집 근처 병원이나 보건소에서 행위료를 지불하고 맞을 수도 있습니다)
⇨ 약, 주사: 대략 10만 원.

난포 확인, 시술 날짜 정하기
난포가 잘 컸는지 확인한 후 시술 날짜가 확정되면 이후 일정도 정해집니다. 난포 상태에 따라 약, 주사가 추가될 수 있습니다.

정자 배출
인공 수정 시술 날짜가 확정되면 3~4일 전에 정자를 배출해 줍니다. 이후 시술 날까지 정자를 배출하지 않아야 합니다.

난포 터트리는 주사
시술 36시간 전에 난포를 터트리는 주사를 맞습니다.
⇨ 대략 5~7만 원.

인공 수정 시술
병원에서 요구하는 서류를 지참하여 남편과 함께 병원을 방문합니다. 남편이 먼저 정자를 채취하고, 건강한 정자를 선별 후 아내에게 이식합니다. 2시간 정도 걸립니다.
⇨ 정자 채취 및 이식: 대략 10만 원.

질정 넣기
시술일부터 피 검사를 하는 날까지 하루에 한 번 또는 두 번씩 질정을 넣어 줍니다.
⇨ 개당 5~8천 원. 보통 15개 정도 사용하므로 총 8~12만 원 정도 지출.
* 이후 피 검사를 하기 때문에 임신 테스트기를 사용할 필요는 없습니다.

피 검사
병원에 방문하여 피 검사를 받습니다. 보통 3~4시간 후 전화로 결과를 알려 줍니다. 피 검사 수치가 100 이상이면 임신일 가능성이 높습니다.
⇨ 대략 2~3만 원.
* 검사 전에 생리가 시작되어 임신이 아닌 게 확실해져도 보험이 적용되려면 피 검사까지 꼭 받아야 합니다.

인공 수정 본인 부담 총비용: 29~55만 원
⇨ 인공 수정 시술: 30~50만 원(이 중 본인 부담금은 9~15만 원, 나머지는 나라에서 보험으로 지원).
⇨ 인공 수정 시술 외(진료, 주사, 약 등): 20~40만 원.

• 개인적인 경험을 토대로 정리한 내용입니다. 시기와 환경별로 달라질 수 있으니 참고만 해 주세요.
• 해당 비용은 보험이 적용되어 순수 본인 부담금으로 처리된 비용입니다.

착상혈과 생리혈 사이에서 천국과 지옥을 오가다

어느 날 아침, 화장실에서 소변을 보는데 살짝 피가 묻어 나왔다. 배란일 이후 대략 10일이 지난 시점. 이 피는 생리혈인가, 착상혈(정자와 난자가 수정되어 자궁에 착상될 때 간혹 피가 살짝 나옵니다)인가. 하루 종일 긴장 속에 화장실을 오갔고, 그날 저녁까지 더 이상 피가 나오지 않았다.

'착상혈이다!!!!'

드디어 임신에 성공한 것이다. 생리 주기가 확실히 지나지 않아 임테기를 사용하진 않았지만, 왠지 모르게 확신이 들었다.

다음 날 아침, 어제와 마찬가지로 약간의 피가 나왔다. 순간 생리혈인가 싶었지만 소량이라 착상혈이 마저 나온 것이라 생각하며 희망의 끈을 놓지 않았다. 평소 같았으면 생리대를 챙겼겠지만, 생리혈이 아니라 착상혈이라고 굳게 믿었기에 생리대를 챙기지 않고 집을 나섰다.

'착상혈이야. 드디어 임신이 된 거야. 생리대 따위 안 챙겨도 돼!!'

그렇게 회사에 도착해서 업무를 시작했지만 온 신경은 배로 쏠려 있어 도무지 일에 집중할 수 없었다.

'임신일까? 아닐까? 임신이면 언제 병원에 가면 되지? 준비할 건 뭐가 있지? 남편한테 언제 말해야 하나.'

점심시간에 화장실에서 확인했을 때 피의 양은 오전보다 아주 적어 매우 흐릿해 보였다. 이것은 절대 생리혈이 아니다. 착상혈이 확실하다.

'임신이다!!! 확실해!'

그런데 퇴근 직전, 화장실에서 어마어마한 양의 생리혈이 쏟아졌다. 임시방편으로 휴지로 급히 마무리하고 바로 생리대를 사러 밖으로 나갔다. 입에서는 욕이 새어 나왔다. 착상혈이 아니라는 아쉬움보다 임신에 집착하며 현실을 부정한 내 모습이 너무 부끄럽고 한심하게 느껴졌다. 이 무슨 생쇼란 말인가.

3부

하는 데까지 해 보자!
체외 수정 도전!

11화 _

"다시 부모가 되기로
다짐했다"

.. 나는 정예 특수 부대의 부대원...

우리는 무려 2억 명 중에
최정예로 선택된 특수 부대이다.

동료들과 함께 포탈을 타고
손쉽게 목표 지점에 도착했다.

위이잉~!!

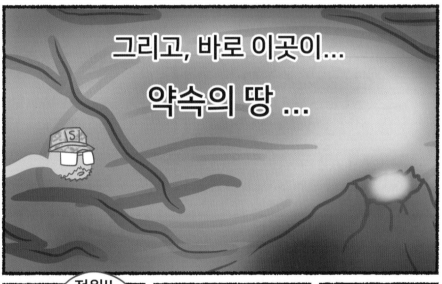

그리고, 바로 이곳이...

약속의 땅 ...

전원!!
무사히 도착
했는가?!

넵!! 이상 무!

네!!

네!!

대장님!!

다음 목표는
무엇입니까?

다음 목표는!!

다음 목표는...

에...

다음.. 목표는..
그러니까..

뭐지..?

까먹으셨나?

웅성웅성

대장님!!
여기 공이 있지
말입니다.

어라?
왠 공이?

잠깐 축구 한 게임
어떠십니까?

어, 그, 그래!
축구 좋지!!
자, 한 게임 뛰자고~!!

막아!!

자자~ 한 골 넣자!!

대장님 패스~!

고고고~!!

남편의 가설, '목표 망각설'

야, 이 자식들아~!!
이리로 오라고~!!
아오~!!!

난자

고기 탑니다~~
빨리 끝내고 오세요~!

안 돼!!

숫~!!

대장님 골~!

아마도 이랬던 게 아니었을까...

두 번째 인공 수정도 아주
깔끔하게 실패!!

처음처럼 우울하진 않았지만,
착잡한 마음에
남편과 실패의 원인에 대해
얘기를 나눴다.

남편의 생각은,

정자들이 목적지에는 도착했지만
임무를 망각하고 난자 옆에서
축구나 하면서 놀기만 한 건 아닌지, 라는...

음... 그놈들이
남편 성격이라면
충분히 그럴 만하지..

초낙천주의 남편

허허허허

217

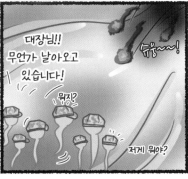

아내의 가설, '난소 공격설'

가서 죽구나
해라~!!

퍼퍼펑!!

펑!!

끝인가...

으아아...

아마도 이런 문제이지 않을까...

엥? 무슨 말이야? 난소가 정자를 공격한다니?

너무 암울한데...

전에 난임 관련 기사를 봤는데...

난소가 너무 건강할 경우에 몸이 정자를 외부 이물질로 착각하고 항체를 만들어 공격하는 경우도 있다고...

이 말은 즉...

임신이 안 되는 건 내가 문제라는 거잖아!! 우엉엉엉엉!!!

미안해, 남편! 미안해, 정자들아!!!

어느 쪽이 문제인지 모르는 거고, 난소가 이상하다 해도 그게 옥자 잘못은 아니니까...

그럼요!

난임은 절대 어느 한쪽의 문제도, 잘못도 아니에요.

'인공 수정' 참고 정보!

- **인공 수정 1차 실패 후, 2차는 언제 진행하나요?**

  과배란 주사로 인해 몸에 이상이 없고, 난소에도 큰 문제가 없을 경우에는 바로 진행할 수 있습니다.

  하지만 1차 진행 과정에서 배에 통증이 느껴졌거나 '난소 과다 자극 증후군'이 나타났다면, 몸이 회복될 때까지 쉬었다가 진행하시길 바랍니다.

- **인공 수정이 계속 실패한다면?**

  2~3번 정도 실패하면, 체외 수정 시술로 넘어가거나 '자궁 내시경' 등의 방법으로 더 자세히 원인을 파악해 볼 수 있습니다.

- **자궁 내시경**

  자궁 내에 내시경을 넣어 자궁의 상태와 난임의 원인을 파악하는 시술입니다.

  마취를 해야 하는 만큼 가벼운 시술이 아니기 때문에 보통 시험관에 실패했을 때 시술하는 경우가 많습니다.

  자궁 내시경 검사를 먼저 할지, 시험관으로 바로 넘어갈지는 담당 의사와 의견을 나누시길 바랍니다.

- **난소 과다 자극 증후군**

  과배란 주사는 몸의 호르몬 수치를 높여 난자를 여러 개 생성시키는데, 이때 난소 크기가 커지면서 아랫배에 통증이 느껴질 수 있고, 심한 경우에는 복수가 차서 식욕 이상, 구토 등의 증상이 발생할 수 있습니다(복수가 찰 때는 이온 음료를 많이 마시면 좋다고 합니다).

  인위적인 호르몬 조절은 몸에 무리를 가져올 수 있습니다. 본인의 몸 상태를 잘 체크해 가며 진행해야 합니다.

옥자 씨..
두 번째 인공 수정
결과 들었어요..
두 분 다 상태가 좋아서
잘될 줄 알았는데..
안타깝네요.

아, 샘
인공 수정은
아무래도 안 될 거
같아서, 체외 수정으로
도전해 보려고 하는데
괜찮을까요?

네...
그래도 한 번 겪었다고
그렇게 우울하진 않네요.

체외 수정이
훨씬 임신 확률이
높은 거 맞죠?

네, 보통 인공 수정을
2~3회 시도해 보고 임신이
되지 않으면 체외 수정으로
진행합니다.

인공 수정보다는
체외 수정이 더
힘들고 비용도
비싸지만,
임신 확률이
높으니까요.

인공 수정은 정자만 채취해서
바로 자궁으로 이식하지만,

 인공 수정 때
정자의 수행 과제!!

미션 1. 난자를 찾는다.
미션 2. 난자와 수정한다.
미션 3. 좋은 위치에 착상한다.

체외 수정은
정자와 난자를 전부
몸 밖으로 채취한 다음에..

시험관에서
수정시키고...

이얍~!

오오옷!

워메메!!

합체~!!

이렇게 수정란을 만듭니다.

뿅!!

안녕하세요!

물론 수정란은 많을수록 좋겠죠, 그만큼 기회가 생기니까요.

반가워~

우리 꼭 사랑이 되자!

쌍둥이로 만나자~~

수정란을 많이 만들려면 난자를 많이 채취해야 해요.

이렇게 수정된 배아를 3일 혹은 5일 후에 자궁에 이식하는 것이 '신선배아 이식' 이에요~

아하~ 그렇군요. 그럼 수정란이 6개 만들어지면, 6개 전부 이식 하는 건가요?

아니요~

마음 같아선 많이 이식해서 성공률을 높이고 싶지만, 세쌍둥이 이상은 산모와 태아 모두에게 위험할 수 있어요.

그래서 보통 두 개의 배아를 이식하고 남은 배아는 다음에 이식할 수 있도록 냉동시켜 보관합니다.

땡땡~!!

얼려서 보관!

냉동된 배아를 해동시켜 이식만 하는 시술이 '냉동배아 이식' 이에요.

체외 수정 때 배아의 **수행 과제!!**

미션 1. 좋은 위치에 착상한다.

- 끝 -

선생님의 설명대로 체외 수정을 하면,
반드시 성공할 수 있을 것 같은 기분이 들었다.

체외 수정의 시작도 역시 난포를 키우는
배주사 맞기이다.

매번 병원에 가서 주사 맞기가 힘들어서
이번에는 집에서 직접 해 보기로!!

셀프 주사는 도저히 엄두가 나지 않아
남편이 직접 배워 시도해 보기로 했다.

과연, 해낼 수 있을 것인가!!

자~
지금부터
촬영하세요.

네!

주사기와
약병을 준비하고...
바늘을 넣고.. 병을 기울이고...
약을 빨아들이고..

그다음
주사기에
공기를 빼 주고,
알코올 솜으로
주사 맞을 곳을
닦으면 돼요.

어렵지
않죠?

네!!!

자, 그럼
다음 단계는!

다음은?!

배꼽 대각선
방향에 주삿바늘
직각으로 세워서
한 번에 푹!!

배꼽! 대각선!
바늘! 직각!
한 번에 푹!

할 수
있습니까!!

네!
할 수 있습
니다!!

배주사,
첫 번째 시도

배에 힘 빼고

쏙!

휴~ 됐다.
별로 안 아팠지?
이제 내가 계속
놔 줄 테니 걱정
마시오~!

성공..

진짜
안 아파..

남편
최고..

이제 매일 아침
병원 안 가도
되는 거야..?

평소에는
벌레도 못 잡아
나한테 부탁하던
답답이 남편이

갑자기 듬직하고
존경스러워지는
순간이었다!!

훗!!
허준이라
불러다오!

내가 말은
안 했지만, 한때 꿈이
수의사였거든.

헐..
그건
몰랐네.

주사는 완벽하게
마스터했어!!

혹시
당뇨병에 걸려서
급하게 인슐린 주사를
맞아야 한다거나,

미스테리한 무인도에서
의사 없이 수혈을
해야 할 때는 나한테
맡기라고~!!

아니..
그럴 일은
절대 없을
거야..

드라마를 너무
보셨군..

227

배주사,
두 번째 시도

남편~ 주사 시간이야. 준비됐어?

준비 완료!

지금부터, 시술을 시작한다! 간호사, 주사기!!!

두둥!!

이 인간, 또 왜 이래..

주사 준비했습니다! 형님!!

집도 시작! 배 까고 누우시오!

메스도 준비됐습니다!!

파바밧!!

슈슈슉!!

남편.. 주사 정말 잘 놓네..

의외의 재능 발견!!

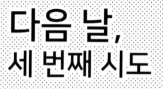

다음 날,
세 번째 시도

옥자~
준비해~~

오케이!
준비 완료!
부탁해~!!

호이~~!!

알코올 솜으로
닦고!!

배꼽 사선 위!!

파바밧!!

파바박!!

직각으로 푹!!

휘리리리리릭!!

... 순식간에
성공..

뭐냐옹..
손이 여러 개냐옹..

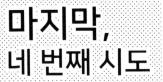

마지막,
네 번째 시도

남편~
주사 시간..

휘리릭~~~!

워메!!

뭐여?

훗!

착!!

사사삭!!

주사
끝????

남편의 뜻밖의 활약으로
배주사는 집에서 편하게 맞을 수 있었다.

이제 다음 단계는,
난임 시술에서 가장 힘들고 아프다는 **난자 채취!!**

230

남편 자랑

내가 우울해하면 맛난 것도 해 주고~

오~ 역시 무상 씨! 멋져! 스윗해!

짝짝 짝짝

.. 그리고 울 남편은 주사도 엄청 잘 놔 주고,

오~ 푸근 씨! 멋진 아빠야! 다정해!

짝짝 짝짝

우리 푸근이는 주말만 되면 자기가 애 본다고, 나가서 놀다 오라 하고,

아주 그냥 딸 바보야~

우리 남편은 날 위해..

거짓말을 했어! 자기 고자 라고!

헉!!

헐..

야, 이건 못 이긴다. You Win!

과묵 씨 짱..

쌍따봉 이여!!

정확히 기억나지는 않지만,
나는 국민학교를 졸업할 즈음 생리를 시작했다.

처음엔 정말 끔찍할 정도로 싫었다.
한 달에 한 번 3일씩 찾아오는 통증과 불편함.
언제 어떻게 샐지 모르는 생리혈로 인한 불안함.
휴가를 가도 날짜를 잘못 맞추면 물속에 들어가지 못하고
마음껏 돌아다니지도 못하는 억울함..

스스로 여자라는 게 싫어질 정도로 괴로운 생리였지만,
'그래.. 내 유전자를 물려받을 아기를 낳기 위한 자연 현상이니
받아들이자'라고 생각하며 생리와 친해지기 위해 노력해 왔다.

그리고 지금 나는 난임 판정을 받았다.
결혼 후 남편과 함께 새로운 가정을 만드는 순간,
난소가 나를 배신해 버린 것이다.

20년 동안의 내 고생이 수포로 돌아갔다.
심지어 이 생리는 앞으로 10년 넘게 나를 더 괴롭힐 예정이라고 한다.

이 모든 생각과 몇 년간 난임으로 겪은
괴로움까지 더해져 이제는
억울해서라도 임신을 해야겠다는
생각에 사로잡혀 버렸다.

억울해서 임신에 집착하는 건
잘못된 생각임을 알면서도
이때 난 마음의 중심을
잡지 못하고 있었다.

233

12화

"엄마가 된다는 게
얼마나 위대한 일인지"

야!!
이 여자야!

이게 누구 난자를
훔치려고!!

제공하긴 뭘 제공해?!
나 왜 묶여 있는 거야?
이거 뭐야!!
풀어!!!!

너 가만
안 둬!!!

이거 안
풀어?!??!

그 어색한 속눈썹이랑
화장은 뭐야!!
네가 더 촌스럽거든!

수염 있는 울 남편이
훨씬 더 섹시하거든!!

이 여자라니!!
어디서 감히 날
그 따위로 불러!

건방지게~!!

너는
아직도 내가,

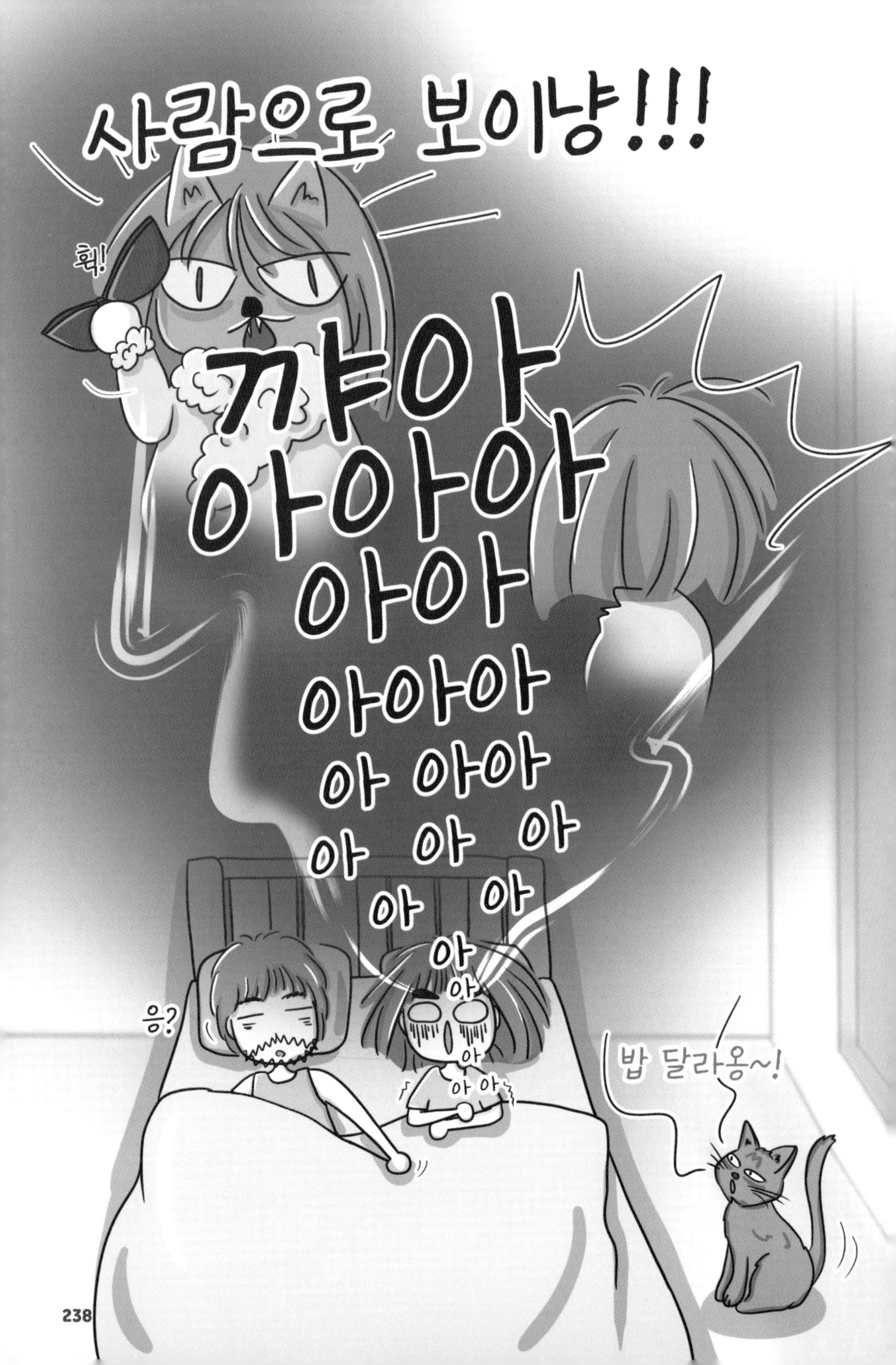
사람으로 보이냥!!!
휙!
꺄아
아아아
아아
아아아
아 아아
아 아 아
아 아
아
아
아
아아
응?
밥 달라옹~!

난자 채취하러 가는 날 아침,
별 해괴한 꿈을 다 꾸었다..
난자를 도둑맞는...

요 근래 들어 자꾸
이상한 꿈을 꾼다.

난임 시술을 하면 할수록
불안감도 커지는 듯하다.

그리고 드디어...
생애 첫 링거!

어렸을 때부터 꽤나 험하게 놀아서
여기저기 자주 멍들고 다쳤지만...
다행히 큰 사고는 없었다.

링거나 마취, 입원 같은 단어들은
나와는 전혀 상관없는 일이라고
생각하며 살았는데...

난임으로 인해 이 세 가지 일을
한 번에 다 경험할 줄이야...

내 몸에...

단순히 통증만으로 비교하자면
주사와 크게 다르지는 않았다.
처음 맞을 때 조금 따끔한 정도...

단.. 참기 어려운 사실은..

바늘이 내 몸속에 꽂혀 있다는 사실...

조금만 움직여도 바늘이 핏줄을 뚫어 버릴지도 모른다는 공포감에 꼼짝도 못 하고 굳어 있었다...

바늘이 꽂혀 있다니!!!!

흐어어..

삐거끔삐거끔

소리 없는 절규...

남편.. 나 무서워..

그 시간, 남편은..
[대기실에서 대기 중]

옥자, 힘내..

병원 방문 시 책은 필수 지참!!

아내가 '난자 채취' 시 남편이 할 일!

- 아내가 난자 채취 시 남편은 밖에서 대기하다가 난자 채취가 확정되면 그 다음에 정자를 채취합니다.
- 시간적 여유가 없을 때는 미리 정자를 제공할 수도 있습니다.
- 난자 채취 후 아내는 큰 통증으로 입원할 수도 있고, 집에 가더라도 몸을 움직이기 힘들 수도 있습니다. 가능한 옆에 꼭 함께 있어 주세요.

착상에 좋은 음식으로 외식을 하거나 직접 요리를 만들어 준다면, 아내에게 큰 위로와 감동을 줄 수 있습니다!

생애 첫 마취..

이제 곧 채취..
마취할 때 기분이
어떠려나..?
잘될까?

전에 어떤 영화에서
주인공이 몸은 마취되고
의식이랑 감각은 살아 있는
상태로 수술당하는
장면이 있었는데...

수술 시작!

간호사!
메스!!

안 돼!!
나 아직
깨어
있다고!
멈춰!!

그럴 일은 없겠지..
정말 의식이
그냥 뚝 끊기나..
맘먹고 버티면 버틸
수 있는 거 아닌가?
한번 버텨 봐??

김옥자 님,
이제 채취실로
이동할게요.

아, 네!!

시술실

수면 마취니까
잠깐 자고 일어나면
끝나 있을 거예요.

걱정하지
마세요

네...

과연
마취를 버틸 수
있을까?

242

난임 시술 중 제일 중요한 채취를 앞두고 내내 드는 생각은
마취의 성공 여부와 기분이 어떨까.. 라는 궁금증이었다.
영화에서만 보던 마취를 직접 하다니...

마취를 버틸 수 있을지 모른다는 쓸데없는 자만심과
호기심이 겹쳐 내린 결론은...

김옥자 님 눈뜨세요!!

일어나세요!
눈뜨세요!!

네...?
저요?
.. 왜요..?

... 버텨야
하는데...

엥.. 여기
어디지..?

저기요..
마취 언제
시작해요?
왜 안 해요?

이미
무사히 끝났
습니다.

마취를 시작한다는 소리를
듣고 바로 다음 순간...

나는 회복실에서
침을 질질 흘리며
깨어나고 있었다.

다행히 마취와 난자 채취는
무사히 완료!!

마취가 안 되면 어쩌나 하는 걱정이
무색하게 시작 0.1초만에 기절한 듯하다.

혼자 무슨 쇼를 한 건지...

굵적굵적

아 뻘쭘해..

내 생애 첫 마취는 순탄하게 마무리됐다.

대부분 채취 후 마취에서 깨어나면
어지럽거나 배가 아프고
여러 가지로 불편하다고들 하던데..

아~주
멀쩡합니다~!

한숨 잘 자고 일어난
기분인 건 왜 때문이죠?

역시나 초건강체인 난
통증도 없고 후유증도 없었다.
심지어,

난자 17개
채취되었
습니다.

네, 다행히
난자가 많이 채취됐어요.
꽤 많이 채취된 건데
비교적 난소도 안정된
편이고요.

네??

17개요?

헐..
내 난소 칭찬해~!!
생리 주기도 일정하고!
생리통도 없고!
이렇게 건강한데!!
그런데?!

왜!!!
임신만 안 되는 거냐고오!!
왜!!!
우씨~!!!

생애 첫 입원..

하니가 알려 준 건데,

난자가 많이 나와도
전부 수정에 성공하는 건 아니고,
그중에 몇 개만 성공하는 거라고..

간혹
수정이 하나도
안 될 때가 있다고
하던데...

소개팅 실패...

흥!

쳇!

혹시 수정이 안 돼서
결과를 안 알려
주는 건가...?

그럼..
채취가 안 되거나
수정에 전부
실패한다면?

실패한다면!

난포
키우기부터
다시..!!

전부 다 다시!

몇 달 동안 주사 맞고
약 먹고 하던 거
전부 처음부터 다시!!!

그 개고생을
전부 다 다시!!!!

배주사부터!!

수정 성공할
거야~~~!!
걱정하지 마!!

면담
안녕~

처음부터...
흐어어...

247

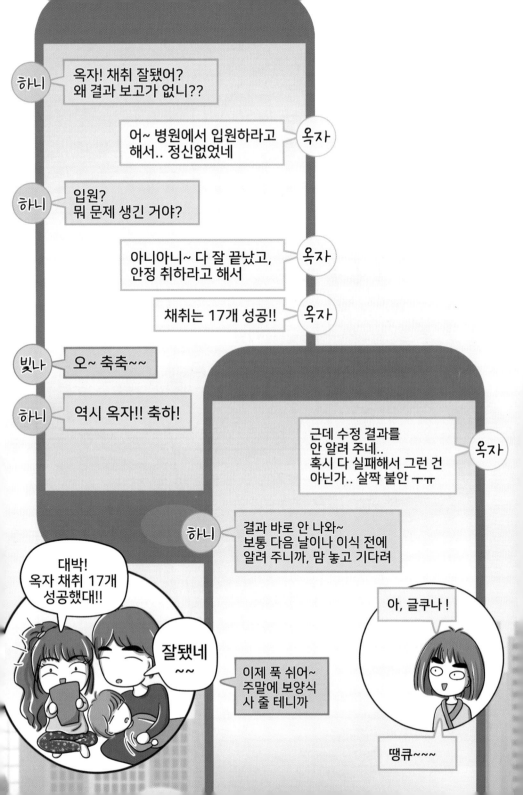

남편은 집으로 가고,
[본격적으로 입원 시작..]

이런 게 입원인가..
그냥 누워만 있으려니
슬슬 지겨워
지는데..

딱히 할 것도
없는데... 괜히
아무것도 안 하니
마음만 불안하네.

인터넷도
지겹고.. 누워서
폰 잡고 있으려니
팔도 아프고..

조용..
적막...

.. 보통 친구들 병문안 가면
4인실은 적당히 시끄러워서
편한 분위기였는데...

이곳은 정말 조용했다.

처음 입원실로 왔을 때는
보호자들도 왔다 갔다
하는 거 같았는데...

지금은 사람이 있는 건지
없는 건지..

아.. 조용하다..

숨소리도
들리는 거 같아..

원래 입원실은 이렇게
조용한 건가..

막연히 상상했던 4인실 분위기..

우리 함내요!

전 처음 이에요..

저도 처음이요~~

난 세 번째~

꼭 저런 분위기를 원했던 건 아니지만..
생각 이상으로 조용한 분위기에
머릿속은 불안한 생각으로 가득해졌다.

너무 조용해서 불편..

저녁 식사 시간입니다.

병원 밥 맛없다고 하던데, 맛있구만~

반찬 종류도 많고~ 밥값만 해도 병원비 통치 겠네.

입원비가 만 원인가.. 보험 적용되니까 진짜 싸다

조용...

조용...

다들 밥 먹고 있는 거 맞겠지? 나만 먹고 있나..?

아무 소리도 안 나네..

[저녁 식사 후..]

우와... 낮잠 잤다가 저녁 먹고, 화장실 갔다 오고, 인터넷 실컷 했는데도, 저녁 8시도 안 됐어...

이대로 12시간 넘게 있는다고..? 잠도 안 오는데.. 실화냐..

저녁 8시..
이 정도면 그렇게
늦은 시간도
아니고..

저녁 식사 후..
남편이 사 온 달달한 간식이 눈앞에서 날 유혹했다.
문제는 너무나도 조용한 병실!!

요리 보고~
저리 봐도~

들리는 소리 하나 없지만,

그래도 지금은 **초저녁!!**

음..
이 시간에 과자
먹는다고, 피해가
되진 않겠지.

괜찮겠지~

**소심한
과자 봉지 찢기!!**

찌이
이이이
이이
이
이 이
이 이이이이

맛있는
과자

**입에 넣고 불려서
소리 안 나게 씹기!!**

아작..아..작..
오물..오물..

그런데,
바로 그때!!

부스럭! 부스럭!
아작아작..

달그락
..달칵

앗!!

뒤적뒤적
.. 어 나야..
어..

건너편에서 들려오는
반가운 소리들!!

과자 먹는 소리, 통화하는 소리,
이어폰에서 흘러나오는 듯한
음악 소리까지..

예~!!

우리 다 같이
맘 편히
지내요~!

다들 참고
있었구나...
고마워요.

아작아작

과자를 먹어도 된다는 기쁨은 잠시,

힘들 거라 생각해 최대한 조심하며
서로를 배려한 마음이 느껴져,
고마우면서도 마음 한편이 아파 왔다.

걱정
하지 마.
괜찮아..

.....

... 어..
알았어..

아니..
오지 마..
여기 4인실
이야..

어, 엄마..
자꾸 전화하면 안 돼..
끊을게.. 걱정 말구.

엄마~~

.. 응.. 괜찮아. 안 아파요~

4인실이야 오래 통화 못 해~ 문자 보낼게요.

... 다들 얼마나 마음 졸이고 힘들까.
... 얼마나 무섭고 불안할까..

그냥 남들처럼 평범한 엄마가 되고 싶을 뿐인데..
누구도 지금 이런 상황을 예상하지 못했을 것이다.

내가 과연 엄마가 될 수 있을까..

엄마한테 엄청 대들면서 많이도 싸웠는데..
내 자식도 그러려나..

만약 엄마가 된다면,
우리 엄마처럼
자신을 희생해 가며
아이를 키울 수 있을까..

WHAT

OMG! 나랑 똑같아!!

으아아앙~!

랄랄랄~   나들아~

소풍

그래도..
그 이상으로
행복하겠지..

아기랑 루이랑 세바랑
다 같이 소풍도 가고..

만약 임신해서
예쁜 아기가 태어나면..
남편과 나는 지금과는 비교할 수도
없을 만큼 바쁘고 힘들어질 것이다.

그런 날이 올까..
기대된다..

253

화장실...

채취된 난자는 전부 17개..
이 정도면 최소 5개는 수정에 성공하겠지?
그럼 이식을 세 번 정도는 할 수 있고..

만약 세 번 다 실패한다면?
난자 채취를 다시?

난임 관련 글을 읽어 보면
열 번, 스무 번까지 하는 사람도 있던데...
난 그 정도까지의 각오는 되어 있지 않은 듯하다.

내가 너무 안일한 걸까?

결혼과 아이에 전혀 관심 없던 내가
지금 이 상황에 처해 있다는 사실조차
가끔은 믿기지 않을 때가 있다.

이런 내가 난임을 통해
감사하게 된 한 가지는

아기를 가지는 것,
엄마가 되는 것이
얼마나 놀랍고 소중한 일인지
깨달았다는 것이다.

엄마는 아무나
되는 게 아니다...

힘들게 임신한 친구가
입덧을 심하게 하면서 했던 말이 기억난다.

변기를 붙잡고 토하면서도
너무 행복해서 눈물이 난다고..

아이를 키우는 게 결코 쉬운 일은 아니겠지만,
오래 준비하고 간절한 시간을 보낸 만큼
아이가 생기면 더 소중하고 감사한 마음으로
키울 수 있을 거 같다는 생각이 들었다.

이 또한 우리들의 복이 아닐까..

밤이 길다...

시간이 왜 이렇게
안 가지...
아침은 언제 오나..

'난자 채취' 시 참고 정보!

- **난자 채취**

  난임 시술 중 제일 힘든 과정으로 수면 마취나 국소 마취를 하고 진행합니다.

- **국소 마취**

  채취하는 해당 부분만 마취하고 진행합니다. 수면 마취에 비해 사전 검사나 과정이 간단하지만, 채취 진행 시 약간의 통증과 거북함이 있을 수 있습니다. 비용도 수면 마취에 비해 5~8만 원 정도 저렴합니다.

- **수면 마취**

  채취 전 마취를 하고 진행하여 국소 마취에 비해 통증이 덜합니다. 마취에서 깨어나면 약간의 어지러움과 통증이 있을 수 있습니다. 전날 자정부터는 금식해야 하고, 화장, 네일 아트, 렌즈 착용도 하면 안 됩니다. 시술 후 입원하지 않고 바로 퇴원할 수 있지만, 운전은 하면 안 됩니다.

- **채취 후**

  샤워는 괜찮지만 목욕, 수영, 부부 관계는 1~2주 후부터 가능합니다. 질에서 갈색 분비물이 나올 수 있으며, 선홍색 출혈이나 복통, 열이 있을 경우에는 병원에 방문해야 합니다.

  채취 후 입원 시 4인실은 보험이 적용되어 저렴하게 이용이 가능합니다. 하루 입원 시 식사는 두 번 제공되고 비용은 1~2만 원 정도입니다. 입원이 필수는 아닙니다. 집이든 병원이든 절대 안정을 취할 수 있는 곳을 선택하세요.

기나긴 밤 이후,
다음 날 아침..

몸은 붓고.. 허리는 아프고..
잠도 제대로 못 자 비몽사몽...
병원 밥도 입으로 들어가는지,
코로 들어가는지...

그냥 빨리 남편이랑 집에
가고 싶다는 생각밖에 들지 않았다.

안 넘어가..

빨리 집에 가서
남편이 차려 준 밥
먹고 싶어..

어...
전신이 다
쑤시고
피곤해..

괜찮아?
잘
못 잤어?

앞으로
입원은...

절대
하지 않는
방향으로...

쭈글쭈글...

어..
그래그래.

하룻밤 새
폭삭 늙었네..

으아아아~~

집이 최고다~!

아이고~
팔, 다리,
어깨, 무릎,
허리야~~

털석!

앗!!

누나~
왔어??

자네 왔는가~!!

다다다다

루이!! 세바!
잘 있었어??

웬일로 둘이
이렇게 안기나~?

비비적

누나~~

자기 보고
싶었나 보네.
계속 구석에
박혀 있더니~

진짜??

감동~!!

내 방, 내 침대에 누우니
이제야 겨우 제대로
쉬는 듯한 기분이 들었다.

비록 퇴실할 때까지 얼굴은 못 봤지만..
같은 4인실에 입원했던 분 모두,
꼭 꿈에 그리는 엄마가 될 수 있기를...

[남편 꿈의 결말..]

13화 _

"우리 부부가
진짜로 원하는 삶이란"

· · · ·

음...

끄응~~~

끄응~~!

빙글빙글

아까부터 뭐해??

아니.. 병원에서 연락이 안 와서.

언제 연락 올지도 모르잖아. 그냥 맘 편히 기다려~

그게 잘 안 되네..

혹시...

전부 실패라면 ???

흐어어...

괜찮아 괜찮아

261

삐리리~~

난임
병원

넵!!

파밧!!

안녕하세요~
배아 수정 잘
완료됐어요.
총 7개 수정
성공했어요.

7개요?!

정말요?!

네~
그래서 2개는
바로 이식하고,
나머지는 냉동시켜서
다음 예비용으로
사용하려 해요.

3일 배양
신선배아 이식

5일 배양
냉동배아 이식

얼리가~!

꽁꽁~!

5일 배양
냉동배아 이식

이렇게
진행하려는데
괜찮을까요?

네~!!
좋습니다!!

예~!!

짜잔~!

7개 수정 성공했습니다!!

역쒸~ 옥자!!!!

축하해~ 냉동까지 나왔으니 좀 더 맘이 놓인다.

하니는? 지금 난포 키우는 중이지?

응, 다음 주에 채취하기로 했어.

내~ 기운을 나눠 주마~!!

컴온~~

그래서, 첫 입원 체험은 어땠어?? 힘들었지? 병원 밥은 맛있었고? 잠은 잘 잤어?

그냥저냥 괜찮았어, 근데 너무 조용해서 약간 부담..

코 훌쩍이는 소리도 다 들릴 정도로 엄청 조용했어~

원래 그렇게 조용해??

오~ 뭐야! 완전 매너 있는 분들이랑 같은 방이었네~ 다행이다, 야.

응??

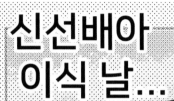
신선배아
이식 날...

그러게, 매너 좋은 분들 이었네.

... 그런 일들이 있었다더라고. 나는 입원할 때 운이 좋았던 거 같아.

빛나 씨는 얌전하고 귀여운 이미진데 가끔 무서울 때가 있다니까.

어휴~ 말도 마, 한때 동네 미친년이었어.

별이 낳고 성질 죽었지

정말? 의외네~

국민학교 때부터 친구라고 했지?

어, 다 같이 동네 휘젓고 다니면서 열심히 놀았 었는데..

아~ 개념 없이 놀던 그때가 그립다~~

아기를 가지려 노력하고 있어서인지, 근래 들어 유독 어린 시절 기억이 많이 떠올랐다.

그때는 그저 친구들과 동네를 쏘다니며 무슨 놀이를 할지 정하는 게 가장 중요한 일이었는데...

오늘 저녁 맛있는 거 사 줘~~

응! 고기 먹자~ 고기!

흠...

20여 년 전.. 누군가 10대의 나에게
"넌 나중에 아기가 생기지 않아서
난임 병원에 다니며 고생할 거야"
라고 한다면..

좋아,

아자!!

준비 완료!!

분명 나는 피식 웃으면서
"아기 안 가지면 되지. 병원을 왜 가?"
라고 답할 것이다.

그런 내가 임신을 위해
병원 침대에 누워 있다니...

배아 상태는
좋습니다.
잘될 거예요.

이식 시작합니다.
몸에 힘 빼세요~

잘 부탁
드려요~

이제 1시간 정도 누워서 링거 마저 맞고 귀가하시면 돼요.

다 끝났습니다.

네~~!!

김옥자 님 배아 0월 0일

신기하다..

개념 없이 놀기 바빴던 10대와
자아 성찰과 각종 흑역사로 가득한 20대..
사회생활에 찌든 30대..

이후의 삶은 과연 어떻게 될까..

내 할 일은 끝!
배아 1호, 2호!
나머지는 너희에게
맡긴다!!

배아 1호
옥자 Jr

배아 2호
무상 Jr

육아와 일에 정신없이 살아가는
워킹 맘? 아니면 전업주부?
남편한테 육아를 맡기고 일에 전념?
아니면.. 아이 없이 남편과 단둘이?
과연...?

피 검사 당일 아침.
남편과 함께 병원을 방문했다.

그리고 별다른 대화 없이 피 검사를
받은 후 집으로 돌아왔다.

루이...
하늘이 참 맑다..

평소와 다른 느낌이 전혀
없어서일까?

병원에 가면서도 막연히
'안 됐을 거 같다'는
생각이 들었다.

그리고 병원에서 걸려 온
전화를 받았다.

담담한 간호사 선생님의 목소리에
이번에도 안 됐구나, 라고 바로
알아차릴 수 있었다.

네..
네...

하아품

1차 체외 수정 신선배아 이식도 실패..

난소도 배아도 다 건강했는데, 왜 자꾸 실패하는 걸까.

그래도 기쁜 소식은 하나가 난자 채취에 성공했다는 것이다.

2개 채취 후 배아 수정까지 잘 진행됐다고 한다.

그리고..

다음 달에 바로 냉동배아 이식하기로 했어.

오키~ 몸에 좋은 요리들 많이 해 줄게~~

아오옹~~

우리 별이~ 친구들이 빨리 생기면 좋을 텐데~ 그치, 별아~?

아우~ 마~~~ 마~!

별이는 동생들이랑 잘 놀 거 같아~

난소가 많이 좋아졌다고 하네. 다음 달이면 냉동배아 이식 가능할 거 같아.

응.. 월차 신청해 둘게.

이너피스~

세레니티~

쓰담쓰담

만지작 만지작

이너피스~

이너피스~

만지작 만지작

만지작 만지작

....

2차 체외 수정,
냉동배아 이식 날!

2차 냉동배아를 이식하는 날,
이른 아침 남편과 함께
집을 나섰다.

새벽부터 내리던 눈으로
동네는 하얗게 덮여 있었다.

어라?

남편~
눈이다~~
첫눈~!!

아무도 없는 길에서 남편과 단둘이
눈 내리는 모습을 바라보는 건
상당히 묘한 감동을 주었다.

혼자였다면 몰랐을 감정들..

난임이라는 힘든 과정도
남편이 옆에서 든든하게 함께해 주었기에
잘 버틸 수 있었다.

언제
이렇게 내렸지?

와~

집에서는 루이와 세바가 귀여움으로 위로해 주고,
밖에서는 늘 따뜻하게 맞아 주는 친구들과 가족들이 있다.

그리고 바로 옆에는 한결같이
내 손을 잡아 주는 남편이 있다.

비록 예상치 못한 난임으로
인생의 험한 길이 생겼지만,

그럼 뭐 어떠한가.

남편과 둘이서 노닥거리며
어떤 길도 즐겁게 살아갈 수
있으리라는 확신이 든다.

병원에 가기 위해 이른 아침
함께 집을 나서며 느낀 감정들..

아무도 없는 골목길에서
남편과 첫눈을 바라보던 설렘도,

난임으로 인해 함께 공유하던 슬픔과 불안함, 기대감도
전부 소중히 여기기로 했다.

2차 체외 수정의 결과가 어떻게 나올지는 모르지만,
이번 결과에 따라 앞으로 삶은 크게 바뀔 것이다.

어떤 결과가 나오더라도
잘 받아들이고 소중히 여기자.

.. 전부 소중하게...

277

한 명만..

난임 시술 금액 총정리

· **혜택 대상**

   법적 혼인 상태에 있는 난임 부부.

· **지원 금액**

   난임 시술 비용의 70% 지원(30% 본인 부담).

   - 인공 수정 시 30~50만 원(9~15만 원 정도 본인 부담).

   - 체외 수정(신선배아) 시 160~200만 원(50~60만 원 정도 본인 부담).

   - 체외 수정(냉동배아) 시 70~100만 원(20~30만 원 정도 본인 부담).

   ⇨ 시술 외(진료, 마취, 주사, 약 등) 비용은 포함되지 않습니다.

      시술 외 비용은 총 20~40만 원 정도로 약, 주사의 사용 횟수와 양에 따라 달라집니다.

   ⇨ 해당 금액을 시술 비용에 추가하여 총비용을 예상할 수 있습니다.

   ⇨ 신선배아 이식 진행 비용에는 추가 수정된 배아의 냉동 비용도 포함하여 기재했습니다.

   ⇨ 인공 수정과 냉동배아 이식은 3회 초과 시 본인 부담금이 50%로 늘어납니다.

   ⇨ 신선배아 이식은 4회 초과 시 본인 부담금이 50%로 늘어납니다.

· **추가 지원**

   '기준 중위소득 180% 이하 및 기초 생활 수급자'에게 1회당 50만 원 지원.

   ⇨ 보건소에 방문하거나 전화를 통해서도 지원 대상자가 맞는지 확인할 수 있습니다.

   추가 지원금은 보건소에서 발급해 주는 서류에 기재된 발급 날짜를 기준으로 적용됩니다.
   서류 발급에 시일이 걸릴 수 있으니, 추가 지원을 받을 분은 꼭 미리 준비하시길 바랍니다.

* 위 내용은 2019년 8월 기준으로 작성했습니다.
* 개인적 경험과 주변 정보를 바탕으로 기재한 내용입니다. 시기와 상황에 따라 달라질 수 있습니다.
* 최신 정보와 금액은 웹툰 〈분노의 난임일기〉와 작가의 블로그에 업데이트하고 있습니다.

﹝신선배아﹞
◆ 체외 수정 진행 단계 & 비용 정리 ◆

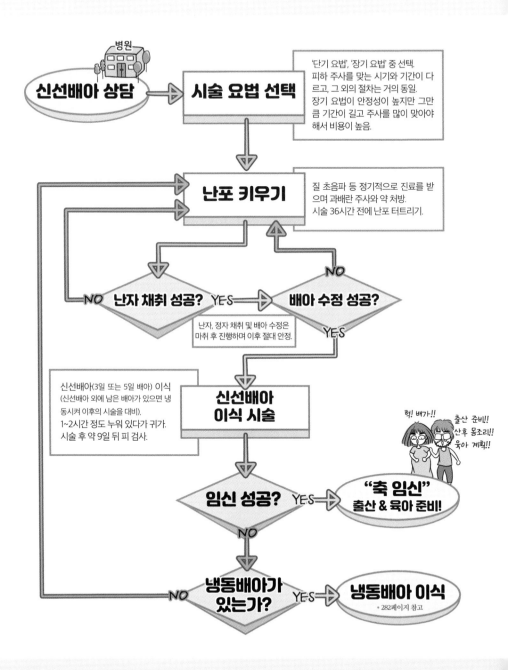

신선배아 상담 → **시술 요법 선택**

'단기 요법', '장기 요법' 중 선택. 피하 주사를 맞는 시기와 기간이 다르고, 그 외의 절차는 거의 동일. 장기 요법이 안정성이 높지만 그만큼 기간이 길고 주사를 많이 맞아야 해서 비용이 높음.

난포 키우기

질 초음파 등 정기적으로 진료를 받으며 과배란 주사와 약 처방. 시술 36시간 전에 난포 터트리기.

난자 채취 성공? — NO / YES → **배아 수정 성공?** — NO / YES

난자, 정자 채취 및 배아 수정은 마취 후 진행하며 이후 절대 안정.

신선배아(3일 또는 5일 배아) 이식 (신선배아 외에 남은 배아가 있으면 냉동시켜 이후의 시술을 대비). 1~2시간 정도 누워 있다가 귀가. 시술 후 약 9일 뒤 피 검사.

신선배아 이식 시술

임신 성공? — YES → **"축 임신" 출산 & 육아 준비!**

헉! 배가!! 출산 준비!! 산후 몸조리!! 육아 계획!!

NO

냉동배아가 있는가? — NO / YES → **냉동배아 이식**
*282페이지 참고

280

◆ 신선배아 이식 일정표 & 참고 정보 ◆

01 생리 시작!	**02**	**03** 병원 방문	**04**	**05**	**06**	**07**
		난포 키우기 – 과배란 약 먹고 배주사 맞기				
08	**09** 난포 확인 시술 날짜 정하기	**10**	**11** 정자 배출	**12** 난포 터트리는 주사 맞기	**13** 정자, 난자 채취	**14** 채취 후 절대 안정
15 채취한 정자와 난자를 수정시켜 배양	**16**	**17** 3일 배아 이식	**18**	**19** 5일 배아 이식	**20** 질정 넣기 →	**21**
22 질정 넣기 – 임신 확인까지 하루 한 개씩 질정 넣기 →	**23**	**24**	**25**	**26**	**27**	**28** 피 검사
29	**30**	**31**				
임신 실패 시 다음을 준비…						

● 표시는 아내가 병원에 방문해야 하는 날.
●● 표시는 부부가 함께 병원에 방문해야 하는 날.

병원 방문
생리 시작 3일째 되는 날 병원에 방문합니다. 질 초음파를 본 후 과배란 즉, 난포를 키우기 위한 약과 주사를 처방받습니다.
⇨ 진료, 질 초음파: 한 번 방문 시 대략 2~3만 원.

난포 키우기
약, 주사는 꼭 같은 시간대에 처방해야 합니다. 과배란 주사는 배주사로 병원에 방문해서 맞거나 집에서 자가 처방이 가능합니다. (집 근처 병원이나 보건소에서 행위료를 지불하고 맞을 수도 있습니다.)
⇨ 약, 주사: 대략 10만 원.

난포 확인, 시술 날짜 정하기
난포가 잘 컸는지 확인한 후 시술 날짜가 확정되면 이후 일정도 정해집니다. 난포 상태에 따라 약, 주사가 추가될 수 있습니다.

정자 배출
인공 수정 시술 날짜가 확정되면 3~4일 전에 정자를 배출해 줍니다. 이후 시술 날까지 정자를 배출하지 않아야 합니다.

난포 터트리는 주사
시술 36시간 전에 난포를 터트리는 주사를 맞습니다.
⇨ 대략 5~7만 원.

난자 채취
병원에서 요구하는 서류를 지참하여 남편과 함께 병원에 방문합니다. 정자 채취 후 남편은 귀가, 아내는 마취 후 난자를 채취

합니다. 채취 후 하루 정도는 절대 안정을 취해야 합니다.
⇨ 대략 50~60만 원(정자 채취: 3~7만 원, 난자 채취: 35~45만 원, 그 외(약, 입원): 4~5만 원) 정도 지출.

3일 또는 5일 배아 이식 및 배아 냉동
수정된 배아를 이식합니다. 2시간 정도 걸립니다.
⇨ 배아 수정 및 이식: 대략 15~20만 원.
⇨ 배아 냉동: 30~60만 원(배아 수에 따라 달라짐).

질정 넣기
이식일부터 피 검사를 하는 날까지 하루에 한 번 또는 두 번씩 질정을 넣어 줍니다.
⇨ 개당 5~8천 원. 보통 15개 정도 사용하므로 총 8~12만 원 정도 지출.

피 검사
병원에 방문하여 피 검사를 받습니다. 보통 3~4시간 후 전화로 결과를 알려 줍니다.
⇨ 대략 2~3만 원.
• 검사 전에 생리가 시작되어 임신이 아닌 게 확실해져도 보험이 적용되려면 피 검사까지 꼭 받아야 합니다.

신선배아 이식 본인 부담 총비용: 70~100만 원
⇨ 신선배아 이식 시술: 160~200만 원(이 중 본인 부담 50~60만 원, 나머지는 나라에서 보험으로 지원).
⇨ 신선배아 이식 시술 외(진료, 주사, 약 등): 20~40만 원.

• 개인적인 경험을 토대로 정리한 내용입니다. 시기와 환경별로 달라질 수 있으니 참고만 해 주세요.
• 해당 비용은 보험이 적용된 순수 본인 부담금으로 처리된 비용입니다.
• 해당 일정표는 '단기 요법' 일정표입니다. '장기 요법'일 경우 생리 시작 일주일 전부터 시작합니다.

✦ 체외 수정 진행 단계 & 비용 정리 ✦

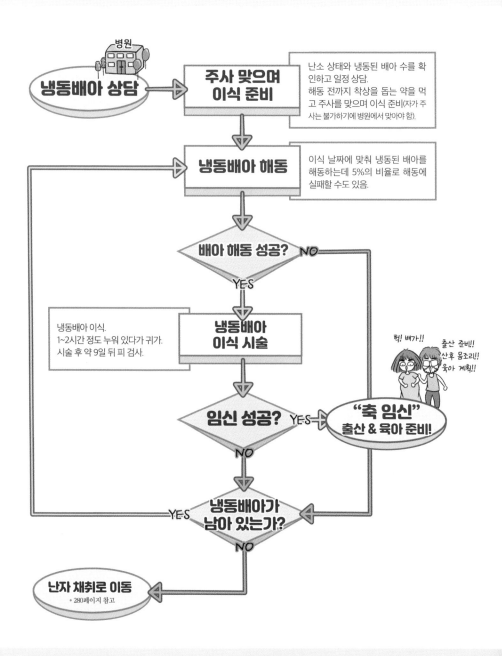

냉동배아 상담 → **주사 맞으며 이식 준비**

난소 상태와 냉동된 배아 수를 확인하고 일정 상담. 해동 전까지 착상을 돕는 약을 먹고 주사를 맞으며 이식 준비(자가 주사는 불가하기에 병원에서 맞아야 함).

냉동배아 해동

이식 날짜에 맞춰 냉동된 배아를 해동하는데 5%의 비율로 해동에 실패할 수도 있음.

배아 해동 성공? NO

YES

냉동배아 이식.
1~2시간 정도 누워 있다가 귀가.
시술 후 약 9일 뒤 피 검사.

냉동배아 이식 시술

임신 성공? YES

"축 임신"
출산 & 육아 준비!

헉! 배가!!

출산 준비!!
산후 몸조리!!
육아 계획!!

NO

냉동배아가 남아 있는가? YES

NO

난자 채취로 이동
• 280페이지 참고

◆ 냉동배아 이식 일정표 & 참고 정보 ◆

01	02	03	04	05	06	07
생리 시작!		병원 방문	착상 돕는 약 먹기 →			

08	09	10	11	12	13	14
착상 돕는 약 먹기 →				중간 확인 진료		주사 맞기

15	16	17	18	19	20	21
착상 돕는 주사 맞기 및 약 먹기		3일 배아 이식		5일 배아 이식	질정 넣기 →	

22	23	24	25	26	27	28
질정 넣기 – 임신 확인까지 하루 한 개씩 질정 넣기 →						피 검사

29	30	31
임신 실패 시 다음을 준비…		

● 표시는 아내가 병원에 방문해야 하는 날.
(냉동배아 이식은 아내만 병원에 방문합니다.)

병원 방문
생리 시작 3일째 되는 날 병원에 방문합니다. 질 초음파를 본 후 착상을 돕는 약과 주사를 처방받습니다.
⇨ 진료, 질 초음파: 한 번 방문 시 대략 2~3만 원.

착상 돕는 약 먹기
꼭 같은 시간대에 먹어야 합니다.

착상 돕는 주사 맞기
착상 주사는 자가 처방이 불가능합니다. 집 근처 병원이나 보건소에서 행위료를 지불하고 맞을 수 있습니다.
⇨ 약, 주사: 대략 10만 원.

냉동 배아 해동시키기
냉동시켜 둔 배아를 해동합니다. 해동에 전부 실패할 경우 난자 채취부터 다시 시작합니다.
⇨ 대략 10만 원.

해동된 배아 이식
해동된 배아를 이식합니다. 2시간 정도 걸립니다.
⇨ 대략 10~15만 원.

질정 넣기
시술일부터 피 검사를 하는 날까지 하루에 한 번 또는 두 번씩 질정을 넣어 줍니다.
⇨ 개당 5~8천 원. 보통 15개 정도 사용하므로 총 8~12만 원 정도 지출.
• 이후 피 검사를 하기 때문에 임신 테스트기를 사용할 필요는 없습니다.

피 검사
병원에 방문하여 피 검사를 받습니다. 보통 3~4시간 후 전화로 결과를 알려 줍니다. 피 검사 수치가 100이상이면 임신일 가능성이 높습니다.
⇨ 대략 2~3만 원
• 검사 전에 생리가 시작되어 임신이 아닌 게 확실해져도 보험이 적용되려면 피 검사까지 꼭 받아야 합니다.

냉동배아 이식 본인 부담 총비용: 40~70만 원
⇨ 냉동배아 이식 시술: 70~100만 원(이 중 본인 부담금은 20~30만 원. 나머지는 나라에서 보험으로 지원).
⇨ 냉동배아 이식 시술 외(진료, 주사, 약 등): 20~40만 원.

• 개인적인 경험을 토대로 정리한 내용입니다. 시기와 환경별로 달라질 수 있으니 참고만 해 주세요.
• 해당 비용은 보험이 적용되어 순수 본인 부담금으로 처리된 비용입니다.

막장 드라마보다 더한
현실 속 막장 드라마

"애 못 낳는 거 알고 결혼한 거 아냐? 우리 아들 나중에 늙으면 어떡하라고!"

"애도 못 낳으면서 결혼은 왜 했어? 혼자 살지?"

"낙태 경험 있으면 애가 안 생긴다던데, 너 혹시 그런 거 아니니?"

드라마에서나 나오는 말인 줄 알았다. 아무리 드라마에서 나오는 말이라도 '누가 요새 저런 말을 하나'라고 생각하며 작가의 수준을 비웃었다. 그러다 난임으로 같이 고생하는 친구들이 실제로 이런 말을 듣고 우울해하는 모습을 직접 보게 되었다. 너무 화가 나서 말이 나오지 않았다.

저런 말을 하는 사람은 대부분 시어머니인데, 같은 여성으로서 어떻게 저런 말을 할 수가 있는지 생각하자 더더욱 어이없음이 극에 달했다. 이런

이야기가 실화였다니.

더 마음이 아팠던 건 이런 말을 들은 당사자는 화도 한번 제대로 내지 못하고 혼자 힘들어했다. 세상에 성깔 없고 부당한 일을 당해도 아무렇지 않은 사람이 어디 있을까. 사랑하는 사람의 부모이기 때문에, 어른이기 때문에 참고 인내하는 것이다. 그런 며느리를 마치 큰 잘못을 저지른 사람처럼 취급하다니.

'시어머니가 나쁘다', '며느리가 왜 당하고만 있나'는 여기서 중요한 문제가 아니다. 난임은 당사자인 부부의 문제다. 제3자가 나서서 누군가를 비난하거나 괴롭힐 문제가 아니다. 그렇게 다룰 문제가 아니다.

임신이 안 되는 원인을, 장인 장모가 남편에게서 찾으려 한다면, 아내가 적극적으로 나서서 막아야 한다. 반대로 시어머니가 며느리를 탓하려 든다면, 남편이 앞장서서 막아야 한다.

아내와 남편이 상의해서 난임 병원을 가든, 아이 없이 살기로 결정하든, 이는 부부의 일이다. 누군가가 끼어들 문제가 절대 아니다. 결코 그래서는 안 된다.

난임은 절대 어느 누구의 잘못이 아니다.
때문에 내 잘못이 아닌 일로 다른 이에게 비난받을 이유 또한 없다.
부모에게 혼날 일도, 자책감을 가질 필요도 없는 일이다.
냉정하게 무시하고, 당당하게 분노하자!

4부

난임 부부의 삶,
그 끝이 보이지 않을지라도

14화 _

"함1께 울고
웃을 수밖에 없는
순간들"

날씨 좋다~

우냥!

옥자~
생강 차
끓였는데
마실 거지?

응~

아~
맛있다!

추울 땐 역시
생강차~

창가에 너무
오래 있지 마,
추우니까.
컨디션은
좀 어때?

나쁘진 않아~

그냥 이제
난임 병원에
안 가도 된다고
생각하니까
기분이
묘해서~

그새
정들었나 봐~~

뭐...
나름 열심히
다녔으니까.

수고했어. 축하해.

뭘 또.. 꽃을...

고생 많았어..

토닥토닥

... 하니는 드디어 임신에 성공했다.

전화로 피 검사 결과를 알리자마자,

과묵 씨는 꽃다발을 사 들고 집으로 날아왔다고 했다.

그리고
우리는...

아쉽지 않아?
정말 괜찮아??

당연히
아쉽지~
그동안 고생한 게
아깝기도
하고..

그래도
병원보다는 자연 임신
시도를 계속 해 보는 게
더 나을 거 같아.

어, 나도 동감.
둘 다 건강하고
원인 없는 난임이라면
스트레스라도 덜 받는 게
낫지.

앞으로의 일에 대해
길게 이야기를 나눴다.

현재로서는 병원 다니기를
중단한 상태.

계속되는 실패에
더 이상 난임 시술은
의미가 없다고
판단했다.

임신이
되든 안 되든,
자연 임신으로
계속 시도해
보자구.

솔직히 나이
때문에 조급
했던 거 같아.
어차피 늦은 거
이제 맘 편히
받아들일래.

그래
그래

축하해~~! 짠~!!

야~!! 내가 다 속이 후련하다! 고생 많았어!! 하니, 축하축하!!

고마워~ 아직 실감나진 않아. 안심하긴 이르고.

유산 경험도 있고..

이번에는 수치도 잘 나왔고,

전에는 회사 일로 바쁘고 힘들었었잖아. 이번엔 잘될 거야! 과묵 씨랑 부모님들도 엄청 좋아하셨겠네.

지금은 남편이랑 너네만 알고 있어. 가족들한테 아직 말 안 했어.

왜??

삐
릴
리~

어, 하니, 무슨 일이야? 방금 헤어졌는데.

옥자 잠깐 통화 괜찮아?

응응, 무슨 일인데?

아니.. 병원 안 가기로 한 거.. 너무 섣부른 결정이 아닌가 해서.

음.. 일단 남편이랑 상의하고 내린 결정인데..

지금 병원을 안 간다는 게 무슨 의미인지 알아? 우리 나이도 있잖아.

나중에는 난임 시술로도 불가능할 수 있어.. 평생 엄마가 될 수 없다는 말이야.

응, 알고 있어. 자연 임신 시도를 한다고 해도, 계속 안 될 수도 있고.. 벌써 노산이기도 하고..

그런데 병원에 다니면 다닐수록 임신하고 거리가 멀어지는 느낌이랄까.. 부정적인 생각만 들고.

내가 과연 이렇게까지 임신에 매달릴 정도로 아기를 원했나 싶기도 하고.

난 너처럼 아기를 간절히 바랐던 것도 아니거든.

너도 알잖아~
결혼도 꼭 하려던 건 아닌데,

다행히 남편을 만나서 결혼한 거.. 그러다 보니 자연히 2세도 생각하게 됐고..

근데,
결정하고 나니
오히려 지금은
마음이 더 편해.
임신한다면
지금 같은 마음
이었으면 싶고..

그래..

미안.. 얼마나
힘들게 결정했는지
누구보다 내가 더
잘 아는데.

아녀~ 너 아님
누가 이렇게까지
말해 주겠어.

남편이랑 루이
산책하고 있으려나~

각종 검사와 두 번의 인공 수정,
그리고 두 번의 체외 수정.
1년 가까이 병원을 다니며,
나름 최선을 다해 임신을 시도했다.

마지막 피 검사를 하면서 들었던 생각은
'지금까지 들어간 돈이 얼만데,
꼭 임신돼야 해!'였다.

마치 병원을 가기 전에
지금까지 한 생리가 아까워서라도
꼭 임신해야겠다고 생각했던 것처럼..

아이를 간절히 원하는 누군가에겐
우리의 결정이 너무 이른 포기처럼 보일 수 있지만,

아이를 원해서가 아니라
무언가 억울해서 임신을 해야겠다는
생각이 들었던 순간,
여기서 멈춰야 할 거 같다는 생각이 들었다.

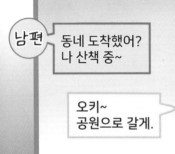

남편 동네 도착했어?
나 산책 중~

오키~
공원으로 갈게.

남편~
루이~~

요~!

누나~

쉽게 내린 결정은 결코 아니다.
그렇지만 남편과 나는 우리 스스로를 위해
남들과 조금 다른 방향으로 길을 틀었다.

보상 심리나 집착이 아닌,
아이를 원하는 순수한 마음으로 자연 임신 시도에 집중하면서
임신이 될 때 그 순간을 진심으로 기뻐하고 싶다.
훗날 육아의 힘든 시간이 찾아와도 후회 없이 임하고 싶다.

.. 하니한테 전화 와서 한참 얘기했어.

그냥 힘들어서 홧김에 병원 안 간다고 하는 걸까 봐 걱정이 많이 됐나 봐.

이제 병원 안 간다고 하니까 아예 임신을 포기한 줄 알았던 거 같아.

하니 씨도 힘들게 임신한 거니까, 더 걱정이 됐겠지.

나중에 잘 설명해 줘. 자연 임신 시도는 계속할 거라고.

응, 그냥 맘 편히 있다 보면 또 생길 수도 있겠지~

어, 이번에 알게 된 지인도 10년 가까이 난임으로 고생하다가, 포기하고 마음 접었는데, 갑자기 임신!

지금 셋째까지 낳았어~

...

이것이 오랜 고민 끝에 내린 우리의 결정이다.

어, 한 명 낳고는 그다음부터는 막 계속 임신이 되더래~

헐~ 대박, 셋째까지?

우리랑 똑같이 둘 다 건강한데 원인 불명으로 아기가 안 생겼던 거래.

297

두근두근두근두근두근두근두근두근두근

음...

다행히
아기집 위치는
아주 좋습니다.
안심하셔도
됩니다.

휴~~

어라?

네??
뭐 이상
이라도??

산모님..
전에 한 번
유산했다고
하셨죠?

네..
자궁 외
임신으로..

아기가..

엄마가
많이 보고
싶었나 봐요,
다시 찾아온 거
보면..

네?

아기집이
하나 더 보이네요.

쌍둥이
입니다.
축하합니다.

쌍둥이?!

만세!!

오~ 대박!!

빛나 씨, 무슨 좋은 일 있어요?

하니

쌍둥이 확정!!

와~!! 하니 축축!!!

전에 친구가 임신이 안 돼서 힘들어한다고 했잖아요.

이번에 임신 성공 했어요!! 쌍둥이~!!

잘됐네요, 빛나 씨도 이제 마음이 편하겠어요.

그동안 신경 쓰여서 많이 힘들 었죠?

??

아뇨, 제가 왜 힘들어요? 그냥 옆에서 응원이나 하는데..

저도 친구가 난임이라 고생을 좀 했는데..

네?? 그 정도였어요? 그 친구분이 많이 예민한 성격 이었나 봐요..?

만날 때마다 기분 맞춰 주고, 신경 써 줘도 화내고, 신경 안 쓰면 안 써 준다고 화내고, 우리 아들내미 얘기는 입도 뻥긋 못 하고..

임신 실패할 때마다 술 사 준 정도..?

나 그동안 너무 눈치 없이 막말한 거 아니야?

너네 그동안 내가 별이 얘기하거나 둘째 낳기 싫다는 말하거나, 그럴 때 화 안 났어?

글쎄.. 그냥 부럽다고 생각한 적은 있었지만..

난 화났었어. 유산하고 임신 안 돼서 미칠 거 같은데,

넌 별이 괜히 낳은 거 같다 하고, 육아 힘들다며, 애 낳지 말라는 말이나 하고!

아니, 그건 진심이 아니었고.. 난 너 난임인 줄도 몰랐고...

내가 그렇게 눈치가 없었던 거야??

그치, 나도 말 안 했으니 잘한 거 없어.. 너도 육아로 많이 힘들어했고..

그냥.. 내가 너무 힘들었거든..

그때는 어쩔 수 없었어

난임을 겪어 보지 않은 사람은 절대 모를 괴로움이라 눈치채기도 힘들었을 거야.

빛나가 육아 스트레스로 힘들어하고 우울해할 때
육아 경험이 없는 나와 하니는 그녀의 괴로움을 이해하지 못했다.

하니가 난임 시술과 직장 업무를 병행하기 위해 이사를 갔고,
빛나의 육아 푸념이 듣기 괴로워 한동안 연락하지 않았다는 사실을
나와 빛나는 몰랐다.

어렸을 때는 막연히 성인이 되고 결혼하면 어른이 되고,
어른은 뭐든지 다 해내는 강한 존재라고 생각했다.

그럴지만 여전히 우리는 상처를 주기도 하고 받기도 하며 흔들린다.

그리고 이 모든 과정을 겪으면서
조금씩 전보다 더 큰 어른이 되어 가고 있다.

15화

"아이 없이도
행복할 수 있을까?"

빛나의 주선으로 추진된 어느 주말 저녁
다 같이 모여 파티를 하기로 했다.

빛나는 맛있는 요리를 잔뜩
만들어 놓았고,
하니와 나는 후식과
음료를 준비해 갔다.

별이는 어느새 걷고 뛰고
말까지 할 정도로
훌쩍 커 있었고,

하니는 눈에 띄진
않았지만 아랫배가
살짝 나온 듯했다.

먹자 먹어~
오늘 하루 종일
만들었다구~

엄마,
!맘마 맘마

무알코올
샴페인~

적당히 배달시키지, 뭔 요리를 이렇게 많이 했어~

그러게~ 미리 말이라도 하던가.

일하랴, 애 보랴 바빴을 텐데

맛있다~

아녀아녀~ 오랜만에 요리가 막 하고 싶어서.

빛나 씨, 뭐, 좋은 일 있나 봐요~?

네~!

어마어마한 축하거리!!!

우리 별이가!!

드디어 어린이집 입소!!

꺄~

아기 엄마만이 이해할 수 있는 이 어마어마한 기쁨~!!

별이가 드디어 어린이집에 다니기 시작했다고 한다. 막 태어나서 꼬물거리던 모습이 얼마 전 같은데..

와~ 축하축하 박수~!

아, 나도 나도!

승진했어~!

대리에서 과장으로!

난 임신 안정권 돌입~!

나도 나도!

그리고 입덧 끝!

다 같이
짠~~!

그래서 내가~

아, 진짜?

수다~수다~수다~수다~수다~수다~
수다~수다~수다~수다~수다~수다~

오랜만에 만나 반갑지만 그닥 공통 화제가 없는 지인과의
과묵하고 푸근하고 생각 없는 분위기..

두둥!!

육아 팁?

난임 부부 아내들에게 부탁해요!

행복한 가정을 꿈꾸며 결혼한 후 임신을 계획할 때쯤 마주하는 난임은 정말이지 괴로운 일입니다. 겪어 보지 않으면 절대 알 수 없는 그 괴로움을 경험한 한 사람으로서 아주 작은 위로의 말과 당부를 전하고 싶습니다. 난임 시술의 시작과 끝은 꼭 '남편과 함께!' 하세요.

난임 시술은 쉬운 과정이 아닙니다. 서로 간의 절대적인 지지와 신뢰 없이는 금방 지쳐 무너질 수 있어요. 부부가 의견이 맞지 않아 계속 부딪히다 보면 크게 감정이 상할 수 있습니다. 잠깐 멈춰서 서로의 마음을 위로하고 관계를 안정시키는 일을 무엇보다 우선으로 하시길 바랍니다.

그리고 주변 사람들의 말과 환경의 변화에 쉽게 휘둘리지 마세요. 나를 제외한 주변 친구들의 임신과 육아에 마음이 조급해질 수 있어요. 특히 여성분들은 임신이 가능한 나이가 한정되어 있기 때문에 더 불안할 거예요. 괜찮아요. 우리는 도태된 것도, 실패한 것도 아니에요. 조금 다른 길을 가는 것뿐이에요.

마지막으로 당당합시다! 난임은 큰소리로 자랑할 일은 아니지만, 그렇다고 절대 부끄럽거나 흠이 되는 일도 아닙니다. 누군가가 좋지 않은 소리를 해도 무시해 버리세요. 불쌍하다고 동정하면 웃어넘기세요. 가장 중요한 건 나 자신입니다. 진정 나 자신이 원하고 행복할 수 있는 삶을 스스로 결정할 수 있길 바랍니다.

난임 부부 남편들에게 부탁해요!

아빠가 되기 어렵다는 난임 판정은 남편에게도 아내 못지않게 큰 고통일 거예요. 직장 일정을 조절해 가며 병원에 가고, 정자 채취와 검사를 반복하고, 임신에 실패할 때마다 우울해하는 아내를 위로하고, 눈치 보고, 같이 예민해지는 이 모든 과정에 점점 지쳐 갈 거예요. 이제는 그만 포기하고 싶은데, 다음 난임 시술 날짜를 확인하는 아내를 보며 '왜 아이에 대한 미련을 쉽게 버리지 못할까, 그냥 아이 없이 살면 안 되나' 싶은 생각이 들 때도 있을 거예요.

단순히 여성이 남성보다 감성적이고, 모성애가 더 강하기 때문만은 아니라고 생각합니다. 여성은 남성보다 훨씬 아이를 바랄 수밖에 없는 처지에 놓여 살아왔습니다. 대개 남성은 연애하고, 결혼하면서부터 아버지로서의 자신의 미래를 꿈꿔 나가지만 여성은 그렇지 않습니다.

냉정히 표현하자면, 여성은 2차 성징이 시작되는 10대 초반부터 계속해서 임신에 관해 생각하고 이를 의식하며 살아갑니다. 스스로 컨트롤할 수 없는 신체 반응으로 몸에서는 한 달에 한 번씩 난자가 생성되고, 이는 월경으로 이어져 매달 짧게는 3일, 길게는 7일씩 불편함과 통증을 반복해서 겪습니다.

그렇게 몇십 년을 살았는데, 아이를 낳을 수 없다는 판정은 여성에게 불치병을 선고받는 일과 같은 충격으로 다가갈 수 있습니다. 게다가 평소 아이를 좋아하고, 엄마가 되고 싶다는 생각을 꾸준히 한 여성이라면 그 절망감은 이루 다 헤아릴 수도, 말로 표현할 수도 없을 겁니다. 비록 아빠가 될 수 없다는 슬픔과 절망이 있더라도 먼저 아내에게 따뜻한 위로를 건네줄 수 있길 부탁합니다.

오늘 재밌었지? 하도 먹어서 배가 터질 거 같아~

어~ 간만에 게임도 하고 재밌었네.

나 과묵 씨가 그렇게 소리 크게 지르는 거 처음 봤어.

그러게, 늘 조용했었는데.

승부욕이 있더라구~

젠가 하나 살까? 집에서도 하고 싶어~!

그럴까? 설거지 내기 콜~~

설거지 내기 이런 거 어때?!

세바랑 루이
젠가 가르쳐 볼까?

왠지 세바는
잘할 거 같아

둘이 안 친하니까
젠가라도 하면서
친해지라고..

앗!

팟!

압!

휙!

싸움 안 나면
다행이지ㅎㅎ

파티를 끝내고 집에 오면서 남편과 이런저런 얘기를 나눴다.

하니와 과묵 씨는 쌍둥이를 잘 키울 수 있을 것인가?
빛나와 푸근 씨는 과연 둘째를 낳을 것인가?

그리고 우리는 앞으로 어떻게 될까?

갑자기 임신이 되어 뒤늦게
육아에 허둥대고 있을까?

아니면 공기 좋은 시골에서
남편과 함께 한가롭게
살고 있을까?

315

난임은 내 인생에서
가장 힘들고 괴로운 사건이었다.

세바~
이리 와~

제발 좀 와 줘~~

루이~~

형아! 형아!
반가워~!!

... 왔는가..

반면 난임은 나에게
내가 진짜 원하는 삶이 무엇인지 생각하게 해 주었고,
남편과 서로에 대해 더 잘 알 수 있는 계기가 되어 주었다.

내 생의 약 4년의 시간을 지배한 난임에게
이제 그만 이별을 고하려 한다.

더 이상은 그 단어에 집착하지 않고
내 삶에 집중하리라 다짐하며...

우리 10년 후에는 어떨 거 같아?

10년 후?

응, 하니네랑 빛나네는 일단 애들이 있으니까, 삶이 크게 바뀌진 않을 거고..

애들 교육도 있으니까

임신 시도는 계속하겠지만 이대로 아기가 안 생기면?

음.. 그럼 둘 다 프리랜서 쪽으로 돌리고 공기 좋은 곳으로?

레소토랑이나 열어볼까?

와! 레스토랑 좋아! 나 맛난 거 많이 해 줘~!!

그 대신!!

설거지와 서빙을 열심히 한다면, 많이 해 주지!

이왕이면 옆에 라이브 공간도 만들자!

오~ 좋지 음악하는 친구들 초대 하고~

잠깐.. 그러려면 예산이 어느 정도..?

음식도 먹고 공연도 보고~

로또 한 번으로 안 되려나..?

317

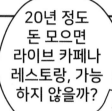

20년 정도 돈 모으면 라이브 카페나 레스토랑, 가능하지 않을까?

정원에서 남편이 좋아하는 보더콜리도 키우고..
텃밭에는 간단한 야채 좀 심고..
인터넷만 되면 일하는 데 문제 없으니 공기 좋은 산 근처로 가서..

아, 맞다!

더 중요한 거! 우리 내일 아침 뭐 먹지? 밥하는 거 깜박!

음.. 빵은 있고.. 떡국떡이랑 어묵이랑 야채 있고..

그럼 우리 떡볶이 만들어 먹자~ 남은 야채 싹 넣어서~

떡볶이 좋지~ 계란도 쪄서 같이 먹자.

응응, 떡볶이 소스에 계란 부숴 먹으면 맛있어~~

그새 배가 다 꺼졌나~ 벌써 배고파~~

내일 아침 일찍 일어나서 먹자구~

앞으로의 일은 모른다.

우리는 함께하기로 결정해서 결혼했고,
이후 어떤 결과가 나오더라도 같이 걸어갈 것이다.

이룰 수 없는 일에 대한 미련보다는
이룬 일에 더 많이 감사할 수 있기를..

어떤 고된 일이 닥치더라도 매일 밤 남편과 함께
같은 곳에 누울 수 있기를 기도하며 잠에 들었다.

"아이는 언제 가질 계획이에요?" 라는 한마디

어느 날 잘 알고 지내는 지인이 나에게 물었다.

"옥자 씨는 왜 아이 안 가져? 빨리 낳아야지~!"
"그러게요. 낳고 싶은데 안 생기네요. 기도 좀 해 주세요~!"

웃으며 답했다.

'왜 아이를 안 가지느냐', '빨리 낳아라. 노산은 힘들다' 등등 반복되는 질문과 잔소리에 내가 터득한 방법은 그냥 속 시원히 말하고 협조를 구하는 것이었다. 누군가 만나서 아이 관련 질문을 던지면 나도 열심히 대답했다.

"나도 안 생겨서 우울해. 밥 좀 사 줘."

"안 생겨서 걱정이에요. 다음 주에 난임 병원 가는데 반차 좀 쓸게요."

그러고 나서 어느 정도 지나니 아이 관련 질문을 하는 사람은 없어졌다. 잔소리는 누구나 듣기 싫다. 내가 잘못했을 때 듣는 잔소리조차 싫은 법인데, 난임 부부는 잘못한 일이 전혀 없음에도 불구하고 늘 주변 사람들의 잔소리에 시달리며 산다.

"왜 아이 안 가져요? 언제쯤 가지려 하세요?"

"나이 너무 많으면 육아 힘들어요. 빨리 낳아요."

"딩크족이세요? 나중에 늙으면 후회한다던데?"

잔소리하는 사람은 지나가면서 툭 던지는 한마디겠지만, 듣는 사람은 하루에도 수십 번씩 듣는 말이다. 계속되는 임신 실패, 초조함과 자책감으로 괴로운 시간을 보내는 난임 부부에게는 한마디 한마디가 비수가 되어 가슴에 꽂힌다. 백 번을 참다가 한순간 감정이 솟구쳐 화를 내면 아이를 못 가져 히스테리를 부리는 사람으로 취급해 버린다.

제발 부탁한다. 남의 집 가족계획은 묻지 말기를. 생각 없이 내뱉는 사람들의 말에 난임 부부는 더 이상 상처받지 않기를.

에필로그

아기가 생기지 않아요..

괜찮아요~!

짠~!

둘이서도 행복할 수 있어요~!

아기가 태어났어요.

축하합니다~!

많은 일이 생기겠죠.
아주 힘들기도 할 거예요.

때로는 집에만 박혀서 종일 반복되는 육아에
자존감이 바닥을 치기도 하고
돈 벌어 오는 기계가 된 듯한 기분에
마음이 무거울 수도 있을 거예요.

문득 어렸을 때 부모님께 대들었던 일이
후회스러울 정도로 화가 날 때도 있을 거예요.

꼭 기억하세요.

아이를 낳고 키우는 것만으로도
당신은 그 누구보다 강하고
위대한 사람이란 걸..

우리는 모두
놀라운 기적으로
태어난 사람들이에요.

우리는 모두
행복해질 수 있어요.

"안녕,
난임일기…"

감사의 글

안녕하세요.
작가 김정옥
입니다.

꾸벅

먼저 이 책이 나올 수 있도록 선한 길로 인도해 주신 하나님께 감사드립니다. 늘 옆에서 당근과 채찍(?)으로 든든하게 지탱해 준 남편에게도 감사를 전합니다.

또 언제나 뒤에서 응원하고 격려해 준 가족들과 친구들, 바쁜 시간 쪼개 가며 원고를 검토해 준 지수, 멀리 있지만 늘 가장 큰 응원을 보내 준 민지, 특별히 '강한이'라는 캐릭터로 열연해 준 난임으로 같이 고생했던 친구들, 출산과 육아로 오늘도 눈코 뜰 새 없이 바쁜 친구들, 마지막으로 이 긴 여정을 저와 함께해 주신 독자 분들께 진심으로 감사드립니다.

난임에 관하여 다룰 내용이 너무 많다 보니 미처 못다 한 이야기와 정보가 아직도 많이 남아 있습니다. 작품에서는 일반적으로 많이 겪는 인공 수정과 체외 수정 이식까지만 다루었는데, 이외에도 자궁 내시경, 유전자 검사, PGS(Preimplantation Genetic Screening) 등 난임 치료를 위한 여러 검사와 시술이 있습니다.

나라에서 지원해 주는 금액과 혜택도 좋은 방향으로 계속 바뀌고 있습니다. 해당 정보들은 <분노의 난임일기> 웹툰과 개인 블로그를 통해 꾸준히 공유할 계획입니다. 참고해 주세요. 연도별 정책과 지원 금액 등을 최신 정보로 계속 업데이트하고 있습니다.

현재 저희 부부는 병원에 가지 않고 자연 임신만 시도하고 있습니다. 임신이 되든, 안 되든 결과에 순응하고 즐겁게 살기로 했습니다. 주변에서는 왜 병원에 가지 않느냐, 너무 빨리 포기하는 게 아니냐고 말하지만 저와 남편은 우리에게 더 나은 삶을 선택했습니다.

단 하나 우려스러운 점은, 저희 부부를 보고 난임으로 힘들어하는 다른 부부에게 '왜 너희는 마음 편히 포기하지 못하냐', '병원에 안 가면 임신이 된다던데'라는 식의 무심한 말을 하는 분이 혹시나 생기면 어떡하나, 하는 부분입니다. 사람마다 생각과 상황이 다르고 아이를 원하는 간절함도 다르니, 난임 부부에게 말을 건넬 때는 특별히 더 배려해 주시길 부탁드립니다.

마지막으로 저희 부부가 병원에 가지 않기로 결정한 건 '포기'가 아니라 또 다른 '선택'으로 생각해 주시면 좋겠습니다. 앞으로도 지금처럼 많은 격려와 응원 부탁드립니다. 감사합니다.

난임 부부의 리얼 라이프 대공개

분노의 난임일기

ⓒ 김정옥 2020

인쇄일 2020년 9월 23일
발행일 2020년 9월 30일

지은이 김정옥
펴낸이 유경민 노종한
기획마케팅 정세림 금슬기 최지원 현나래
기획편집 1팀 이현정 임지연 **2팀** 김형욱 박익비
책임편집 박익비
디자인 남다희 홍진기
펴낸곳 유노북스
등록번호 제2015-000010호
주소 서울시 마포구 월드컵로20길 5, 4층
전화 02-323-7763 **팩스** 02-323-7764 **이메일** uknowbooks@naver.com

ISBN 979-11-90826-19-8 (03810)